昨夜的星辰

红学书评初集

高淮生/著

知识产权出版社
全国百佳图书出版单位
—北京—

图书在版编目（CIP）数据

昨夜的星辰：红学书评初集/高淮生著．—北京：知识产权出版社，2020.10
ISBN 978-7-5130-7240-3

Ⅰ.①昨… Ⅱ.①高… Ⅲ.①《红楼梦》研究 Ⅳ.①I207.411

中国版本图书馆 CIP 数据核字（2020）第 198152 号

内容提要

本书精选十二部《红楼梦》研究著作，对这些著作进行点评。作者以书评的方式，分析著书人的观点、视角，从而梳理、总结出著书人的观点态度，进而总结《红楼梦》研究的脉络和不同观点的碰撞。本书部分篇章包括：书信笺释的一个“样板”——梁归智笺释《周汝昌致梁归智书信笺释》；看清红学真相的方法论佳作——洪涛著《红楼梦与诠释方法论》；精读《红楼梦》的“大家小书”——胡菊人著《小说红楼》；永远扯不清的问题——曾扬华著《钗黛之辨》；“相对精善”的《红楼梦》评注本——《蔡义江新评红楼梦》等，共计十二篇书评文章。

责任编辑：徐家春　　　　**责任印制**：孙婷婷

昨夜的星辰——红学书评初集

ZUOYE DE XINGCHEN——HONGXUE SHUPING CHUJI

高淮生　著

出版发行：知识产权出版社有限责任公司　网　址：http://www.ipph.cn
　　　　　　　　　　　　　　　　　　　　　　http://www.laichushu.com
电　话：010-82004826
社　址：北京市海淀区气象路50号院　邮　编：100081
责编电话：010-82000860 转 8573　责编邮箱：xujiachun625@163.com
发行电话：010-82000860 转 8101　发行传真：010-82000893/82005070/82000270
印　刷：北京中献拓方科技发展有限公司　经　销：各大网上书店、新华书店及相关专业书店
开　本：787mm×1092mm　1/16　印　张：14.75
版　次：2020 年 10 月第 1 版　印　次：2020 年 10 月第 1 次印刷
字　数：174 千字　定　价：87.00 元
ISBN 978-7-5130-7240-3

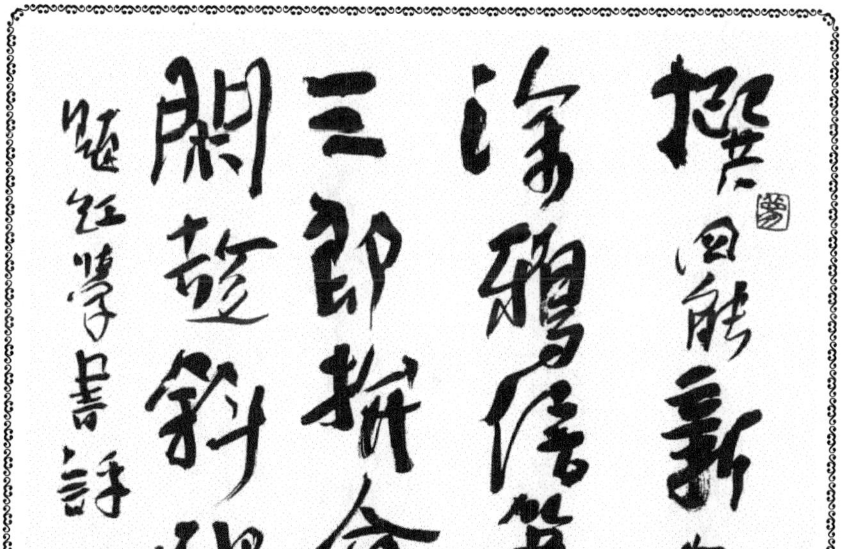
擬因能新書意氣清
塗鴉信筆却妖嬈
三郎拚命何人解
閒趁斜陽過小橋
題紅學書詩
雅生

前 言

《昨夜的星辰——红学书评初集》的撰著基于以下两个动因：一则受杨联陞《汉学书评》的启发；二则因红学领域尚未出版一部书评著作。

杨联陞在《书评经验谈》一文中说：“许多人认为书评不重要。我则认为一门学问之进展，常有赖于公平的评介。”① 笔者深有同感，所以立意做这样一本小书。

谈及杨联陞的书评特点，蒋力在《汉学书评》代序中称：“他总能在书评中提出自己的观点，尤其是可能与被评者不一致的观点，并加以讨论，还能如数家珍地概述该领域研究的历史和现状。这一点，与我们常见、惯见的书评有明显的区别。而这一点，也是他对汉学研究的独特贡献。”②

笔者尝试着将这样特点的书评移植到红学领域，虽学力笔力明显不逮，然向往之心日月可鉴！况且，百年红学史上佳著可观，却并无如数家珍般的书评著作与之呼应，由此言之，笔者所

---

① 杨联陞：《汉学书评》，商务印书馆 2016 年版，第 458 页。
② 杨联陞：《汉学书评》，商务印书馆 2016 年版，第 3 页。

作红学书评尚存“闺阁昭传”之意。

汪荣祖在《阅读的回响——汪荣祖书评选集》“自序”中说：

我们不难发现屈指可数的西方学报，厚厚一大本多半三分之二都是书评，甚至还有专刊书评的学报，不仅刊登一般书评，而且发表长篇书评论文。此固然显示彼邦学术的昌盛，更说明众多的著作不只是由图书馆收录，置之高阁，而是真有人仔细又认真地阅读。

比较专业的学术著作，学报书评编者通常约请所涉领域的专家学者来评论，不收外稿，以示谨慎。专家的专业评论足可给一般读者与作者之参考，作者不可能也不必完全接受批评，但旁观者的一得之见或能开启作者百尺竿头更上层楼的契机，未尝不是难得的收获。一般读者也可以从书评中初步认识到书的内容与性质，决定是否需要费时去阅读原书。书评的作用岂不大哉！

然而在华语世界里书评并不发达，无论学报或杂志鲜见书评。我于2003年回台湾长住后，每有机会即倡言书评的重要与必要。当时主编近代史研究所集刊的陈永发研究员遂邀我出任书评编辑，使集刊每期都能刊登几篇书评，定下范例。之后，书评也成为台湾学界评价学报的加分因素，但是直言不讳的评论常常会引起人情上的困扰，尤其对重视人情的华人而言，更难承受。

于是愿意认真写吃力不讨好的书评者，并不很多。其实，古今中外尚无无懈可击之书，即使举世名著也难能白璧无瑕。[①]

① 汪荣祖：《阅读的回响——汪荣祖书评选集》，文汇出版社2017年版，第1–2页。

汪荣祖的以上说法应该引起重视，即便读者并不少见我国各类期刊上刊发的书评文章，不过，“人情上的困扰”总是实情。况且，我国尚未见有专刊书评的学报，积年出版的众多的学术著作难以因一篇书评的介绍而广泛传播，的确令人遗憾。

香港学人洪涛在回应笔者所作《看清红学真相的方法论佳作——洪涛著〈红楼梦与诠释方法论〉》（2020 年 9 月 4 日刊于苗怀明教授创办的“古代小说网”）一文时这样说：

> 颇感意外。《红楼梦与诠释方法论》是十二年前出版的，书评的作者高淮生教授为什么这个时候谈论一本旧书？据说，评者自发撰写的书评不常见，十二年前就有读者跟我说起这种情况。
>
> 2008 年 5 月中，我收到北京一位读者（孙勇进先生）来信，他刚看过《红楼梦与诠释方法论》，信中提到：“……不知这一个月间内地红学界对兄大作有何反馈。内地的书评，一般都是著者找人来写，事先约好了地方发，自发地去写的，极少，也很难刊出。”
>
> 知道内地情况后，我对书评之事也就不抱期望了。不料，过了十二年，古代小说网刊出一篇评者自发撰写的书评。高先生的书评相当长，文章的阅读量接近一万人次。
>
> 看来，不少人注意到这篇书评。也许，他们是关注“方法论”这个话题？九月七日，北京友人热心，又来信：“你是否写篇短文响应一下？”我想，我提供一点新资料，聊以酬答高先生的善意。[①]

---

① 该文于 2020 年 9 月 26 日发布在“古代小说网”。

洪涛以上表述可以印证汪荣祖的一些说法并非虚话。显然，笔者自发撰写的书评竟引起洪涛撰写五千余字的回应文章，这种情形在我国文史学界同样是极少见的。

这部红学书评选取了13位学者的红学著作（包括编著、汇编）研读评议，诸如梁归智笺释《周汝昌致梁归智书信笺释》，洪涛著《红楼梦与诠释方法论》，胡菊人著《小说红楼》，曾扬华著《钗黛之辨》，蔡义江著《蔡义江新评红楼梦》，乔福锦著“红学四书”（《石头记笺证》《石头记版本考辨》《红楼梦之精神世界》《红学通论》），刘再复著“红楼四书”（《红楼梦悟》《共悟红楼》《红楼人三十种解读》《红楼哲学笔记》），林以亮（宋淇）著《红楼梦西游记——细评红楼梦新英译》，孙逊著《红楼梦脂评初探》，刘广定编著《王佩璋与红楼梦：一代才女研红遗珍》，吕启祥、林东海主编《红楼梦研究稀见资料汇编》，周汝昌著《曹雪芹小传》等。

这13位学者的红学著作（包括编著、汇编）涵盖了红学的诸多方面，诸如红学文献、红学批评、红学公案、红学方法论、红学概论、曹学、红学史以及《红楼梦》外译等。当然，尚有一些方面因篇幅所限并未涉及，有待后续吧！

这部红学书评取名《昨夜的星辰——红学书评初集》，其意味大抵包括两个方面：既云“初集”，应有后续；既云“昨夜的星辰”，该是已然装点着红学史的夜空。

值得一说的是，“昨夜的星辰”取意李商隐的《无题》诗：

昨夜星辰昨夜风，画楼西畔桂堂东。
身无彩凤双飞翼，心有灵犀一点通。

隔座送钩春酒暖，分曹射覆蜡灯红。

嗟余听鼓应官去，走马兰台类转蓬。

笔者从《无题》第一句中仅取“昨夜星辰”而不取“昨夜风”的考量不过是因为红学领域的“风雨”往往并非有利于人心聚合，风雨骤降而不止则极易造就“烂泥潭”矣！

总之，这部红学书评小册子如果能够起到一定的导读作用，即帮助读者更有效地阅读《红楼梦》，以及更全面、更准确地了解红学的真面貌、真精神，那就达到笔者写作的目的了。

目　录

第一章

书信笺释的一个“样板”

——梁归智笺释《周汝昌致梁归智书信笺释》

梁归智整理的《周汝昌致梁归智书信笺释》（以下简称《书信笺释》）由三晋出版社于2017年1月出版，这部《书信笺释》之体例与常见书信（手札）之“编”“编注”“辑注”“校注”“校点”均有不同而别具新意。

据《书信笺释》“序”云：“这是周玉言（汝昌）先生给我的201封信札（标号只194，因5次单寄或转交的诗及周老传信笔者嘱转传李泽厚和刘再复信各一封电子信附在其他信中统一说明），其中手写的共133封，其余68封是周老口述周家子女记录传送的电子邮件（其中一封为通过邮政局邮寄之打印稿）。笔者手写给周老的信，周家保留了其中一部分，但已经全部捐献给了‘周汝昌纪念馆’，取阅已经不易。不过笔者的信价值不大，因为一般都是就事论事，文风简约，并没有多少敞开心扉的动人内容，周老信中就曾经说笔者‘不喜，亦不善作长札’（1988年6月25日信）。这当然和笔者的个性与昔日的处境、心境有关，不能强求的。也正因为如此，缺少了笔者的原始信件，而代之以现在的笺释‘说明’，对读者来说，并不遗憾而且更有可读性。立足于今日的观照与回顾，自然有一种‘独上高楼，蓦然回首’的清楚、清醒与清明。”[①]《书信笺释》以“说明”文字而“笺释”

① 周汝昌著，梁归智笺释：《周汝昌致梁归智书信笺释》，三晋出版社2017年版，第1页。

周汝昌致梁归智的信，虽则别具新意却颇令读者疑虑：客观真实性怎样呢？周汝昌信的客观真实性及“说明”文字的客观真实性，总不免令人心生疑虑。《书信笺释》中的主要人物即周汝昌和梁归智二人，仅录周汝昌的信而不录梁归智的信，其间的疑虑并非所谓“笔者的信价值不大”“并没有多少敞开心扉的动人内容”之类的说辞即可释然，反而引人联想其间究竟有怎样的是非曲直。当然，如果所录周汝昌的信全部影印出版，这种疑虑或许不至于那么鲜明。至于以“说明”文字“笺释”周汝昌的信无疑增益疑虑，该《书信笺释》既无“笺释者”的原始信件的参照，“笺释者”又兼“收信人”的身份（双重身份），都会引起读者对其客观真实性的质疑。况且，周梁师徒身份业已众所周知，引起质疑也在情理之中。

当然，以上所述的疑虑并不影响《书信笺释》在红学研究上的参考价值，其参考价值是多方面的，譬如真切地了解周汝昌其人其学的某些方面，真切地了解彼一时段红学生态的某些方面，并且，这些方面的了解显然有助于红学学科建设和学风建设的反思。由此说来，《书信笺释》堪称一部“准红学史”著述。

值得一提的是，周汝昌对于梁归智的“文风简约”持肯定态度：“你的文字很好，简洁，通畅，明白，气味纯正。望你坚持好文风（其实也是学风），万勿受很合‘时流’的坏影响。”[①] 显然，梁归智自己多虑了。因为这种多虑而未能收录其与周汝昌往还的书信，毕竟影响了《书信笺释》的完整性和现场感，给人以

① 周汝昌著，梁归智笺释：《周汝昌致梁归智书信笺释》，三晋出版社 2017 年版，第 1 页。

并非“完璧”的印象。为了打消读者的疑虑，梁归智申明：“强调一点，录入周老信札，乃百分之百的‘实录’，没有做任何删削‘掩迹’，个别处涉及对人事的议论，希望涉及的相关人士，能大人大量，以尊重董狐秉笔直书青史的态度一笑置之。”① 梁归智是一位认真执着的学者，他的“董狐秉笔直书青史的态度”是可信的，尽管有关其个性方面的评价褒贬不一，却并不影响这部《书信笺释》的红学史价值。

梁归智在整理出版《书信笺释》过程中曾葆有这样的心愿：“笔者还有一个想法，就是以此书作为一个‘样板’，希望能促进周老给其他人的书信，以及其他红学家之间的书信，都能以完全真实的历史原貌出版问世，希望红学界所有同仁能认同这种做法，至于是非臧否，当事人都不必计较，留给读者和历史评断。大家比一比‘雅量’吧，呵呵。”② 梁归智的心愿既是真诚的，也是善意的，这一心愿乃出于红学发展之考量。因为周汝昌的书信中涉及红学的话题颇多且有助于思考红学的诸多疑难问题，由此可见梁归智的格局是很大的，至于所谓“攀附”之讥则显然未能识得其中真趣。

笔者在《周汝昌红学论稿》“自序”中说：“周汝昌其人与‘周氏红学’已然成为现代红学不可绕过之话题。周汝昌之为人与为学形象已然被浓墨重彩地描绘着，其正面描绘的形象与反面描绘的形象相差何止道里计？是故，欲窥其‘真貌’则非端详不

① 周汝昌著，梁归智笺释：《周汝昌致梁归智书信笺释》，三晋出版社 2017 年版，第 5 页。

② 周汝昌著，梁归智笺释：《周汝昌致梁归智书信笺释》，三晋出版社 2017 年版，第 5 页。

可。‘正’耶？‘邪’耶？‘褒’耶？‘贬’耶？对于业已归于大化者而言，无乃世间之虚话耶？然此世间之虚话，毕竟留下了演义之迹，姑可循迹而索貌。”① 可以说，倘若周汝昌的书信能够以完全真实的历史原貌全部出版问世，那将不仅有助于后代学人窥得周汝昌其人与“周氏红学”的真貌，同时可以重新审视和评价彼一时段红学生态的得与失，何乐不为呢！笔者以为，梁归智的“雅量”可以作如是观，至于那些与周汝昌有过这样那样过节的“当事人”是否有此“雅量”则显得并不重要了。

梁归智希望这部《书信笺释》成为一个“样板”的心愿，至少从体例上堪称“样板”，至于是否再有模仿之作则难以预测了。此“样板”显然可以理解为“先例”，其勇力可嘉（结合红学领域的学术生态考量）。不过，出版周汝昌书信的后续工作的确在做：2018 年 12 月，北京雅昌艺术印刷有限公司印制了由周伦玲编辑整理的《周汝昌师友书札手迹》（特印本），收录了周汝昌师友（总计 101 位）给他的书札、诗笺及赠画等 130 通（件），尽管非正式出版，因其内容丰富且影印而成，具有显而易见的历史文献价值。如能正式出版，亦可使更多读者受益。另有一件工作则知者寥寥，事情的原委是这样的：2019 年 11 月 18 日上午，笔者受南京大学潘知常教授之邀赴南京大学仙林校区参加学术交流活动之际，在薛莲女史（潘教授的博士弟子）的陪同下应邀拜访了南京日报社离休编辑严中先生。严先生因细读了笔者所著《周汝昌红学论稿》一书之后期待与笔者面谈，主要是谈他对《论稿》的一些看法尤其他所整理的《周汝昌与严中书》方面的想

① 高淮生：《周汝昌红学论稿》，知识产权出版社 2017 年版，第 1 页。

法。严先生在《周汝昌与严中书》打印本“编辑者说”中道：“我与先生的交往则是始于1982年12月，至2006年1月，我大概给先生去过至少四百封信，先生也给我写过三百封信。……《周汝昌与严中书》对红学而言，乃是一珍贵的历史文献，但历史常常会出现某种‘偶然性’，因此很难确保它今后不被流入他人之手。”① 笔者认为这本书信汇编值得尽早出版问世，以飨学林，并表示愿意促成其事。严中先生题赠笔者一本《周汝昌与严中书》打印本，以示信赖。遗憾的是，历史的某种“偶然性”竟然不期而至，己亥庚子交替之际，新冠疫情扰乱了此前的各种规划或打算。不过，《周汝昌与严中书》的出版问世只是时间问题罢了。笔者与责编达成一致意见：编校影印出版以提升学术文献价值。

这部《书信笺释》的显著特点之一是阐扬“笺释”者的红学志业和红学意趣，正如梁归智所说：“在相对程度上，周老的这201封信札及笔者的笺释，成了笔者粗线条的‘学术年谱’。这也算一个‘副产品’吧。不少信札，是周老与笔者的唱和诗作，笔者的咏红诗，大端已在此，当然对周老来说，这只是很少一部分而已。不过这也显示，周老与笔者治学，都比较偏重‘灵感’和‘悟性’，不同于一般所谓‘科学研究’。如果比较周老与笔者的同异，除了‘悟证’的共同点，可能周老的‘考证’功力更强，而笔者则尤擅‘论证’。还是那句老话，做学问，要史、哲、文，或曰真、善、美，考据、义理、辞章，也就是考证、论证、悟证三者兼顾，才能真进入‘境界’，才能感受到‘做学问’，是一种

① 严中编：《周汝昌与严中书》打印本，2008年12月。

充满发现和创造欢快的赏心乐事。这或者才是周老这些给笔者信件所昭示的‘知音’‘知赏’之真谛吧。……一切的考证和史论最后都要落实于文本的‘思想’和‘艺术’，实现与天才作家的心灵对话，这才是文学研究的正途和终极目的。……探佚，文化（或思想），审美（或艺术），这是笔者研究红学的三个支点，也是与周老通信的基本内容。”① 如果将《书信笺释》比作一首叙事长诗，梁归智的以上阐述可谓“诗眼”吧！《书信笺释》别具新意之处也就更加显而易见了。这部《书信笺释》既可以对周汝昌进行知人论世方面的考量，同时有助于了解梁归智的红学志业，或者说作为了解梁归智其人其学的重要参考文献。当然，无论书信或者口述史，若从信史的角度考量，都需要慎之又慎地引述。因此之故，笔者《周汝昌红学论稿》出版不久，梁归智即在《当艺术成为学术的张力——读〈周汝昌红学论稿〉的感想》一文中谈了自己的看法：“《周汝昌红学论稿》第一章开宗明义，标目为知人论学：情性气质与为学格调，而特别关注《顾随致周汝昌书》和笔者整理的《周汝昌致梁归智书信笺释》二书，因为‘前者顾随先生是周汝昌所崇敬的老师，后者梁归智教授是周汝昌所厚爱之弟子’。这自然没有错，也的确从这两本书信集中证实了周汝昌的某些情性气质的真相。但高教授似乎忽视了一点，即这两本书都是私人通信，原本是不准备公之于世的，至少写信的当时，没有这种明确意向。而写私人书信，相当随意和即兴，兴之所至，想到哪儿说到哪儿，不一定考虑逻辑，这样写出来的东西

① 周汝昌著，梁归智笺释：《周汝昌致梁归智书信笺释》，三晋出版社 2017 年版，第 4－5 页。

固然最少粉饰，最能表现‘情性气质’，但另一方面，读者如果对其中的某些说法过于执着较真，并做形式逻辑的推导引申，则会从另一个角度引发误会和疑惑。……对私人通信的过分依赖，也就产生了一些判断上的失误，或至少是断语下得有些草率而不够鞭辟入里。”[①] 梁归智从“知人论世”的全面性和客观性方面提示笔者不能过分依赖私人通信，这个说法是可取的。至于笔者在《周汝昌红学论稿》中对周汝昌的“知人论世”方面是否“过分依赖”私人通信，显然不能轻率地下结论，如果不能仔细通读《论稿》全书或者通读而不能知音会赏的话，轻率的结论往往容易武断。当然，笔者并未就此问题与梁归智辩难，而且没有辩难的必要，因为笔者毕竟不像他那样能够受到周汝昌的“亲炙”，各自的学术立场显然不能完全趋同。不过，梁归智的学术立场或者看问题的视角显然影响着《书信笺释》，同时也一定程度地影响着读者对这部书信汇编的评价，其中的仁智之见则需要读者博观圆照之后加以识别。

2017 年 1 月 14 日，笔者主持策划了召开于北京朝阳区惠新里“湘西往事”酒店的“周汝昌与现代红学”专题座谈会，这一天的座谈会严谨而活泼，大家畅所欲言，取得了一些可观共识。笔者在《“周汝昌与现代红学”专题座谈会综述》中道：“《周汝昌致梁归智书信笺释》一书引发趣谈：14 日晨，高淮生教授邀请乔福锦教授、陈维昭教授、苗怀明教授三人到宾馆附近的永和豆浆连锁店吃早餐，大家边走边聊，兴奋点集中在苗怀明教授所谈趣事——13 日晚宴期间，参加宴会的学者提前收到梁归智教授签

① 高淮生：《红学学案启思录》，朝夕出版社 2019 年版，第 384－385 页。

名的最新出版的《周汝昌致梁归智书信笺释》，这部新书是本次座谈会的馈赠礼品，不仅引起大家的兴趣，同时为本次座谈会增添了新话题。苗怀明教授与提前获得这部新书的其他学者的心情颇为不同，他一夜间翻阅了这本《书信笺释》，希望能够从中发现周汝昌先生评价苗教授的文字，结果令他大为失望，竟然一处都没有。苗教授此前尚颇费思量：是否赴京参会？原因正如苗教授所言：自己此前写过几篇有关周汝昌先生的文章，周家人不理解，惹出很大的不愉快。所以，有顾虑。对于这次座谈会，张罗其事的高淮生老师说，是纯学术性的，不会有个人恩怨，这才勉为其难地过来，倒不是因为心虚，而是担心惹上麻烦，耗费时间和精力。对于这个专题座谈会的举办，我是赞成的，认为很有价值，也很有必要。”[①]“周汝昌与现代红学”专题座谈会期间，《周汝昌致梁归智书信笺释》一书曾获得了参会者的好评，孙伟科的评价颇具代表性：“今天的一个收获是《周汝昌致梁归智书信笺释》这部书，它为我们进一步走近周汝昌、知人论世提供了很好的条件。我读了一些周汝昌先生关于《红楼梦》的著述，这些书信更见人格，更见性情。随着更多珍贵史料的出版和公布，红学中一些比较繁难的问题将会逐步简化明了。”[②] 当然，也有个别学者认为该书出版不合时宜，一些“当事人”尚健在，不利于红学界的和谐。可见，对待这部《书信笺释》的立场并非完全出于学术求真，所谓“和谐”无非是人情世故的非学术立场的认知。其实，这种情形在红学领域已然司空见惯了。

① 高淮生：《红学丛稿新编》，知识产权出版社 2017 年版，第 96 页。
② 高淮生：《红学丛稿新编》，知识产权出版社 2017 年版，第 96 页。

笔者认为《周汝昌致梁归智书信笺释》一书的出版非常及时，因为彼时正在构思的《周汝昌红学论稿》受益《周汝昌致梁归智书信笺释》一书之处颇多。这部《书信笺释》与另一部由赵林涛、顾之京整理校注的《顾随致周汝昌书》（河北教育出版社2010年3月第1版）可谓“周氏书信双璧”，前者顾随先生是周汝昌所崇敬的老师，后者梁归智教授是周汝昌所厚爱之弟子。当然，笔者所说的“非常及时”并非仅限于著述的一时需要，其实，处于转型期的红学更需要这样的历史文献以便于做深度的学术反思和学术评估，甚至红学学科重建。

以下择取《周汝昌致梁归智书信笺释》一书数例“笺释”略作评议以见其得失：

《书信笺释》第28－32页的一则【说明】：

今寄上文一篇：此涉及一桩红学大公案。周老于1981年7月24日撰《〈石头记探佚〉序》，其中提出何为“红学”的看法，即红学有四大分支：“研究曹雪芹的身世”“研究《石头记》版本”“研究脂砚斋”“研究八十回以后的情节”，并首创“探佚学”的概念。但由于《石头记探佚》出版须待以时日（1983年5月山西人民出版社出版），周老乃又撰《什么是红学》，于《河北师范大学学报》1982年第3期刊出，立即引起社会反响。上海复旦大学教授应必诚写《也谈什么是红学》即针对此文而发，发表于《文艺报》1984年第4期。编辑部不想过分“开罪”周老，并希望引起讨论活跃学术空气，乃约周老再写答辩文章。周老应约写了《“红学”与〈红楼梦〉研究的良好关系》，即此信中所谓“连日赶出一文，约万言”。此文后于《文艺报》1984 年第 6 期发表，但编辑部于文前加了一个“按语”，明显表示赞成应文观点的倾向，同时，《文艺报》1984 年第 8 期又刊出赵齐平《我看红学》，基本观点也是不赞同周老的红学观。此后多年来各种报刊断续发表过不少批评周老“红学观”的文章，大抵都是说《红楼梦》首先是文学作品，而周氏红学“四分支”说却“远离”了文学文本，将文本研究“排斥于红学之外”云云。

对于周老在信中要我撰文作“桴鼓之应”的意思，不记得怎样回复了，似乎是委婉而明确地表示我暂时不写文章，也找不到报刊发表这种文字。不过在后来的一些文章中，我好几次涉及了这个问题，但都是对观点不对人，从来没有点哪个人的姓名。

发表于 1998 年 12 月 7 日《人民政协报》的《学术范型的意义》（后收入《萧剑集》）中，我这样说：

红学界某些对周汝昌的“批判”，正是批判者与研究对象曹雪芹、《红楼梦》，与批判对象周汝昌之间气质隔阂、才性横绝、思想差距而“误读”的产物。比如周汝昌说红学有根本性的四大支，即曹学、《石头记》版本研究、脂批研究和探佚学。一些人就驳论说这是把《红楼梦》文本研究排斥在红学的范畴之外，其实这最典型的表现了驳论者僵化的思维定势和麻木的艺术心灵。难道周汝昌连《红楼梦》文本研究属于红学范畴这样的常识都不懂？他又为什么要写那么多文本研究的著作和文章呢？周汝昌强调“四大支”说，言下之意就已经把基础性研究和文本研究分成两大部分，无非是说红学首先要在那四个最基础最关键的分支学科方面取得突破性进展，才能够进一步在小说文本领域升堂入室。他说“在关键意义上讲，只此四大支，够的上真正的红学”（《〈石头记探佚〉序》），强调的正是“关键意义”。红学的发展不正有力地证明了周汝昌早在80年代初就揭出的这种洞见卓识吗？《红楼梦》文本之“意义”（思想、审美）研究的长期滞后，其中一个根本原因不就是受制约于那四项基础研究还不够清晰深入吗？（另一个根本原因是研究者的思考力和艺术感悟力的问题。）驳论者们连周汝昌提出这一点的真意何在本质何属都没有看懂弄清，却以简单可笑的形式逻辑推论方式说周汝昌把《红楼梦》文本研究排除在红学领域之外，并针对性地提出什么“红学就是研究《红楼梦》的学问”这种绝对“正确”但毫无意义的形式逻辑上同语反复的“命题”。让人齿冷的是，这些标榜研究“文本”的人却在那里大搞非文本研究并以此为红学唯一正宗，谁又写出过像周汝昌《红楼梦与中华文化》《红楼艺术》那样高水平的文本研究著述呢？周汝昌的这两册文本研究著作写在《红楼梦新证》等考证性著作之后，十分清楚地显示了“四大支”与文本研究的关系。

…………

正是针对这个“接受美学”的基本现实，提出“只此四大支，够得上真正的红学”的学术认知，才有了釜底抽薪的学术创新意义，即所谓“关键意义”。“关键”在何处？就在于只有深入“四大支”的分支研究，才能达到严格区分“两种《红楼梦》”的目的，才能一扫不严格区分曹著和高续的所有似是而非的“思想”和“艺术”之认知、评论的浅薄和谬误，也就是才能让家世和版本等考证研究和思想艺术的文本认知密切联系起来，而实现考证、义理、辞章三者不是各自为政而是相辅相成的真正的学术实践，从而让“两种《红楼梦》”各自的思想、文化、艺术、审美的研究走出瓶颈，获得真正的学术动力，开辟出红学新天地。

但受习惯惰性影响而迟钝麻木的“红学界”，却缺少认知这种学术内在机理的基本素质和能力，而以简单化的形式逻辑批评周先生“不研究《红楼梦》本身”“远离文本”，是用“红外线”排斥“红内学”，这些似是而非的“荒唐言”一直不绝于耳，也可谓贯穿三十多年的红学发展历程。不过，真应了一句“真理越辩越明”的老话，情势的发展，使越来越多的读者明白了争论的真相和实质，周派红学的“四大支”学术框架，逐渐大行于天下。

其实证谬这种“形而上学”（孤立、绝对、片面）只拘泥于形式逻辑而不懂辩证逻辑思维方式的最好例证，就是周先生本人的红学实践，《红楼梦与中华文化》《红楼艺术的魅力》二书，不就是研究《红楼梦》的“思想”和“艺术”最深入的学术著作吗？而其所以超越了那些所谓“评红”著作，就在于这两本“思想”“艺术”研究著作是奠基于那“四大支”基础研究之上。

红学应该分为基础研究和文本研究两部分，基础研究即四大分支：曹学、版本学、脂学、探佚学。之所以如此，是由《红楼梦》的特殊情况所决定的。四个分支研究都环绕着一个总目标：严格区分曹雪芹原著和后四十回“两种《红楼梦》”。这是红学的第一个台阶，迈上了第一个台阶，才能继续上第二个台阶，即比较客观、准确、深入的文本研究，也就是对“两种《红楼梦》”的思想、哲学、艺术、审美、文化做出判断评析，进行思考鉴赏。而水到渠成，这样做的结果必然要导向第三个台阶，即必然引发对中华文化的深刻思索和本真理解，以及与西方文化的比较对比。《红楼梦》研究，红学，因而成为“中华文化之学”和“新国学”。而所谓“红学就是研究《红楼梦》的学问”，乃是一种形式逻辑上同语反复却没有实际内涵和学术针对性因而毫无意义的“红学定位”。《诗经》学就是研究《诗经》的学问，《楚辞》学就是研究《楚辞》的学问，杜甫学就是研究杜甫的学问，苏轼学就是研究苏轼的学问，《西厢》学就是研究《西厢记》的学问，《水浒》学就是研究《水浒传》的学问……有什么意思？①

以上【说明】可谓《书信笺释》颇长的“笺释”了，从所节录的文字可见，所涉及的红学问题颇为重要。主要涉及“什么是红学”以及“还红学以学”的根本性问题。“什么是红学”？刘梦溪著《红楼梦与百年中国》一书谈及红学论争时将之列为百年红学的“第十四次论争”，至今尚在分歧之中而达不成基本共识。不过，由此引发的思考仍在延续着，顾斌主持的“红迷驿站”统筹策划整理的《还红学以学》（选文 20 篇）一书由香港阅文出版社于 2019 年 9 月出版，其深远的学术影响有待时日检验。这段

① 周汝昌著，梁归智笺释：《周汝昌致梁归智书信笺释》，三晋出版社 2017 年版，第 28－32 页。

"笺释"文字同时涉及梁归智的"探佚学"的创新意义的阐发，在体现"笺释者"学术自信的同时，又颇具学术启示意义，因为这些思考毕竟是红学的根本性问题。当然，这些根本性问题的思考往往很难达成共识，这就是红学面临的第一大难题。

《书信笺释》第41－42页的一则【说明】:

有何观感评议：四大分支的红学观，乃周老一大学术建树，而又遭到红学界普遍的误解和批评，故十分在意问我的"评议"。不过那时我也还没有把四大分支与文学评论之间的关系彻底想透"理顺"，而达到1998年写《学术范型的意义》时那么清晰的认识，回信可能也是泛泛而言吧。今有研究者说四大分支是胡适开创的，但胡适只是在具体研究时涉及了曹家历史、版本、脂批、探佚的内容，却并没有达到明确的学科分类意识，更没有作自觉的学理阐述。由自为而自觉，红学四大分支学科之理性的提出和建立，还是应该归在周老名下，而理顺红学四大分支之基础研究与《红楼梦》文本的思想和艺术等"文学评论"的关系，更经历了漫长的历史过程。

以上【说明】既涉及红学学科话题，又涉及周汝昌红学体系问题，谈得比较中肯。笔者在《周汝昌红学论稿》一书中说："周汝昌对于建构'体系'的觉悟和热情一直激励着他的60年的红学生涯。"[①] 的确，百年红学史上真正构建了完整体系且引起不断热议的学人寥寥无几，笔者曾将周汝昌红学志业作整体观（其

① 高淮生：《红学丛稿新编》，知识产权出版社2017年版，第100页。

中“红学四学”说是其基础），从而提出“周氏红学”的说法，引起一定范围的质疑。这种质疑主要集中在周汝昌红学何以自成体系？其实，这种质疑早有先声，譬如冯其庸、李希凡主编《红楼梦大辞典》界定“红学”一词时说：“红学，是指研究《红楼梦》的学问，它包括研究《红楼梦》的思想意义、艺术价值、创作经验、作者曹雪芹的生平家世、《红楼梦》的版本、探佚、脂评，等等。也有人认为，红学研究的范围是曹学、版本学、探佚学和脂学，与对《红楼梦》自身的研究无关。这种意见没有得到广泛赞同。”[①] 冯其庸、李希凡显然都没有“理顺”红学四大分支之基础研究与《红楼梦》文本的思想和艺术等“文学评论”的关系，即便他们曾经有过“理顺”的愿望和兴趣，果真能说得清楚吗？果真能取得共识吗？笔者针对《红楼梦大辞典》对“红学”一词的界定作如是观：这样界定“红学”并不尽如人意，或失之宽泛，这是指界定的前半句说的；或失之偏狭，这是指界定的后半句说的。其实，并非研究了《红楼梦》就都是“学问”，并非研究《红楼梦》的学问就都具有“红学”之“学”的品质，这些都是问题。周汝昌尤其强调“红学”之“学”的品质，这并没有错，他究竟“错”在哪儿呢？自然是仁者见仁智者见智，总之，他以“四学”规范“红学”终究是有问题的，当然会引来争议。话又说回来，即便周汝昌的“红学”界定同样是有问题的，但其学术启示性更大，红学学科方面的考量更自觉。刘梦溪就曾说过：“周汝昌先生对红学的学科特点注意最多，多年来一再发表自己的见解，致使不少研究者

① 冯其庸、李希凡主编：《红楼梦大辞典》，文化艺术出版社1990年版，第1070页。

对这方面的问题产生了兴趣。”①

《书信笺释》第 270 – 271 页的一则【说明】：

> 是诗是学要参禅：笔者书评的一个核心意思是，周老与胡适最大的差别，乃周老本质上是个诗人，治学重悟性，追求与曹雪芹心灵的契合，而胡适只从历史考证的角度研究《红楼梦》，实际上不理解曹雪芹，当然对《红楼梦》的思想艺术也很隔膜。周老与胡适不同的治学路向，是“诗”与“学”二者的冲突、磨合，而这个内在的纠缠，以各种形式时时体现于二百年来各种红学话题的争论中。②

《书信笺释》中以上这类评析周汝昌的治学路向和治学个性方面的内容比较丰富，尽管只是一家之言，却有助于理解周汝昌其人其学。甚至可以认为，这部《书信笺释》姑且可以看作周汝昌“别传”吧！

最后需要说明的是，笔者之所以作《周汝昌致梁归智书信笺释》评议，的确另有一段隐情：梁归智的生前期待！这一期待笔者曾写进纪念他的文章中，这篇题为《天下问学凭砥砺　人间交谊在因缘——记梁归智教授二三事》的文章由苗怀明创办的“古代小说网”公众号发布于 2019 年 10 月 24 日，读者可以参看，以见真情。

---

① 刘梦溪：《红楼梦与百年中国》，河北教育出版社 1999 年版，第 379 页。

② 周汝昌著，梁归智笺释：《周汝昌致梁归智书信笺释》，三晋出版社 2017 年版，第 270 – 271 页。

附录：

天下问学凭砥砺　人间交谊在因缘

——记梁归智教授二三事

2019 年 10 月 21 日晚 8 时 50 分，收到乔兄福锦教授发来的短信：中国著名红学家、辽宁师范大学教授梁归智于 2019 年 10 月 21 日晚 8 点 11 分在大连逝世！惊讶之余，一种欲说还休的莫名思绪短暂掠过，便立意写一篇短文纪念他。

2019 年 9 月 19 日上午，时值梁归智教授患肝癌医治期间，赵建忠教授曾与我有过交流：我们一起写一写梁归智教授吧！他是改革开放之后不多的杰出红学家之一，又是中青年红学学者之首，应该写一写了。我同意建忠教授的评价并应允道：可以啊！

2019 年 10 月 21 日 21 时 32 分，苗怀明教授在“古代小说研究”微信群询问：“哪位手里有纪念文章马上发给我，我明天早上登（笔者按：即发布古代小说网微信公众号）。”我回复道：“近日会认真写一篇，可以用吗？”怀明教授回复“可以”，范富安主编紧接着给我留言：“赶快写一篇吧，梁先生是个好人！”

“梁先生是个好人！”富安兄的这句话引我思绪联翩，那么，究竟该如何诠释这句话呢？我想：他的“好”在那些与他结识并有过交谊的师友弟子们的口碑中一定会各有铭记，我此时此刻只能谈一谈曾经有所感的二三事，略表深切怀念之意。

我与梁归智教授相识并不晚，正如他在为我撰著的《周汝昌红学论稿》一书所写书评《当艺术成为学术的张力——读〈周汝昌红学论稿〉的感想》（《河南教育学院学报》2018 年第 2 期）一文中所说：“我认识高教授其实不算晚，20 世纪末的红学讨论会上，就见过面，但无甚交往。2016年高教授打电话到寒舍，力邀参加于同年4月15至17日将举行的郑州红学讨论会，2017年初又力邀参加北京湘西往事酒楼的周汝昌与现代红学讨论会，与高教授的交往乃日趋密切。这次的《周汝昌红学论稿》出版学术座谈会，高教授也希望我能参加，因故不能出席，谈一点读后感，聊酬雅命。”我之所以引述以上这段话，不仅在于交代彼此交谊之渊源，更在于再次表达对梁教授惠赐“书评”的诚恳感谢。这篇“书评”是他自觉主动惠赐于我的，竟然洋洋洒洒地写了一万多字，这将耗费多少心力啊！我想：此前与梁教授并未深交，更谈不上“神交”，他竟能以如此姿态而赐文表彰我的学术工作，其情其谊感人至深矣！《论语·季氏》曰：“益者三友，损者三友，友直、友谅、友多闻，益矣；友便辟、友善柔、友便佞，损矣。”梁教授的“投桃”之举堪称“益者三友”无疑，他的这个“好”，我却一时并无“报李”之酬谢。

我以为，做学问者交朋友最该讲究“缘分”二字，有缘即订交，物以类聚人以群分其实最讲究的还是“缘来缘往”。我与梁教授的真正结缘正如梁教授所说的两次“以文会友”，即2016年4月于河南郑州召开的“《红楼梦》文献学研究高端论坛”及2017年1月于北京召开的“‘周汝昌与现代红学’专题座谈会”期间。

记得2016年4月17日早餐时，我与梁教授同桌攀谈，他递给我一份铅笔书写于宾馆房间便签上的一首绝句，并无标题，我暂拟《无题》：“猎猎红坛各有豪，云空千幻雁鹰翱。徐州淮涌郑州浪，花落谁家王母桃？”读罢略有会心，其中第三句提到了我与福锦教授共同策划的两次红学论坛，即2015年3月于江苏徐州中国矿业大学召开的“纪念曹雪芹诞辰300周年学术研讨会”和2016年4月于河南郑州召开的“《红楼梦》文献学研究高端论坛”。可见，梁教授对这两次红学论坛是特别留意的。当今之日，各种学术活动令人应接不暇，能于其间赋诗酬答者寥寥。梁教授能于论坛期间题赠这首《无题》，显然令彼时的我颇为兴奋，即刻想道：这首诗一定写入会议综述，足可增添雅韵。值得欣慰的是，郑州红学论坛期间，赋诗酬答的师友还有纪健生先生的《贺红学文献学研讨会》：“徐海集名儒，中州聚彦群。征文穷史海，考献探学林。汉宋明途轨，中西会渡津。牡丹三月发，好景在阳春。”诗中的“征文穷史海，考献探学林”两句同样关合了徐州和郑州两次红学论坛，并为郑州红学论坛点了题。《河南教育学院学报》编辑部主编富安兄读过梁归智《无题》即兴唱和道：“红楼说部千载豪，解者神思鹏鹤翱。独喜探佚催新浪，榴花五月剩碧桃。”（《和梁归智先生》）

我与梁教授“结缘”的“‘周汝昌与现代红学’专题座谈会”至今犹有反响，坊间传闻时有耳闻。梁教授参加这次座谈会的整个过程表现出良好的精神状态，他给我签赠了由三晋出版社刚出版的《周汝昌致梁归智书信笺释》一书：淮生学兄雅鉴！并且，这部新书也成为本次座谈会的馈赠礼品，不仅引起大家的兴趣，也为本次座谈会增添了新话题。值得一提的是，同样获赠《周汝昌致梁归智书信笺释》一书的怀明教授的心情颇与其他师友不同，他一夜间翻阅了这本《书信笺释》，希望从中发现周汝昌先生评价他的相关文字，结果令他大失所望，竟然一处都没有。其中原委如怀明教授所说：“自己此前写过几篇有关周汝昌先生的文章，周家人不理解，惹出很大的不愉快。”所以，此番赴京参会颇有些顾虑，然而，“张罗其事的高淮生老师说，是纯学术性的，不会有个人恩怨，这才勉为其难地过来，倒不是因为心虚，而是担心惹上麻烦，耗费时间和精力。对于这个专题座谈会的举办，我是赞成的，认为很有价值，也很有必要。”怀明教授的最后一句话道出几乎所有参会者的真实心声：这是纯学术性的座谈会，很有价值，也很有必要！其实，梁教授此番参会则不仅积极主动，而且毫无顾虑，他在座谈会上侃侃而谈，分别从“知人论世”“文史哲”“理解的同情”等三个方面谈了他对周汝昌先生其人其学的看法和评价，思路清晰，给我留下了比较深切的印象。一些与会者对梁教授发言如此评价：学者态度，颇多启发！

“投之以木桃，报之以琼瑶。匪报也，永以为好也！”

我所欠梁教授的“琼瑶之报”，即为他的红学著述撰写一篇“书评”，这是他的生前所愿。

这件事情需要简略交代一下：北京座谈会之后的2017年1月20日，梁教授主动签赠了他的几部著作快递给我，即《红楼疑案：红楼梦探佚琐话》（中华书局2008年版）、《国学·诗韵·书情——姚奠中学术评传》（三晋出版社2012年版）、《红楼梦诗词韵语新赏》（北京师范大学出版社2010年版）、《苏轼》（云南教育出版社2011年版）、《红莓与白桦：俄罗斯游学记》（中国人大学出版社2011年版）等。这不仅表明我们之间的学术交谊的日益加深，同时也表达了梁教授希望我进一步了解他的学术成果的期许。

2019年4月2日，梁教授被查出肝癌病症的前三个月，他微信留言给我的弟子拜剑锋（笔者按：梁教授错将剑锋当成了高教授）：“我的五本书印出了，因为足下搞红学史，我送您一套。但您不要向别人宣传，因为出版社给我的书很少。”其实，所赠共计6本书：1.《禅在红楼第几层》，陕西师范大学出版社2018年版；2.《〈红楼梦〉的四大风波》，三晋出版社2018年版；3.《〈红楼梦〉：芝麻开门》，三晋出版社2018年版；4.《〈红楼梦〉里的小人物》，三晋出版社2018年版；5.《百年红学大PK：〈红楼梦〉研究简史》，三晋出版社2018年版；6.《缀珠集锦绣：〈红楼梦〉的思想和艺术》，三晋出版社2018年版。

2019年4月12日晚，梁教授微信留言道：“高教授，书收到了吧。如阅读有感觉，是否写一篇简单的书评？主要是出版社希望扩大影响好卖书。我自己并没有利益在里面。”当我得知梁教授的这个心愿时，即刻叮嘱剑锋将这6本书保存好，待寻个好心境认真拜读后酬答梁教授之请。同时，又叮嘱剑锋多向梁教授请教学问。

2019年4月13日下午3时，当梁教授得知这6本书快递给了剑锋之后，竟认真地回复了一首诗：“奉寄拜剑锋教授书册题签高师亦冥会也：探花三月醉魂时，鬼使神差运笔痴。一点灵机天泄漏，悠悠学案命维持。”其仁者之心，天地可鉴也！

最值得一提的是，《周汝昌红学论稿》出版不久，福锦兄曾与我说过：归智的《周汝昌传》，你的《周汝昌红学论稿》，加上我的《周汝昌年谱》，可以合称“周氏红学三书”。我说：机缘凑泊，征得归智教授的认同，以“‘周氏红学三书’与红学学科建设”为题办一个座谈会。福锦兄欣然同意，并答应由他负责与归智教授交流沟通。

此后，我便与建忠教授商量：我的20本《周汝昌红学论稿》

换他惠存着的20本《周汝昌传》。

呜呼！20本《周汝昌传》依然还在，而斯人却已驾鹤西行了！

遂口占一绝，以“昭传”归智教授：

红坛舞剑又吹箫，探佚芹书最可骄。

学问辞章堪月旦，火传薪尽且逍遥。

2019年10月22日21时写定于古彭槐园书屋

第二章

看清红学真相的方法论佳作

——洪涛著《红楼梦与诠释方法论》

2013年11月22日至24日，“纪念伟大作家曹雪芹逝世250周年大会暨学术研讨会”在河北省廊坊市举行。22日晚，笔者拜访胡文彬先生，胡先生激赏香港学人洪涛所著《红楼梦与诠释方法论》（北京图书馆出版社2008年出版）一书，尤其该书所体现的学术规范意识，备受其嘉许。胡先生以《红楼梦与诠释方法论》为例，谈及该著作的体例、文献引用、注文等方面，认为这些方面均堪为当今学术著述之模范，内地红学学人尤其年轻学人应当好好向他学习。胡先生恳切地向我推荐这本《红楼梦与诠释方法论》，并希望我仔细读一读，一定受益匪浅。胡先生当时谈讲《红楼梦与诠释方法论》一书时所表现出的感情色彩比较浓厚，在笔者的印象中这是并不多见的情境。

其实，笔者2013年3月18日的日记中已经记录了阅读这本书的体会：这几日读周汝昌著《天地人我》，以及香港的洪涛著《红楼梦与诠释方法论》，尤其《红楼梦与诠释方法论》，对写作颇有参考价值。由此记载可见，笔者在撰述《红学学案》过程中的确参阅过《红楼梦与诠释方法论》一书，所以并不感到有隔膜。笔者的阅读感受：规范严谨，旁征博引；客观平实，肃然起敬！

冯凌在《［港］洪涛：〈红楼梦与诠释方法论〉》一文中说：“《红楼梦与诠释方法论》一书在红学浪潮之中独辟蹊径，以诠释学理论为架构，追溯《红楼梦》由产生到被接受的过程，考察作者、文本、读者三大关键与诠释活动的关系，俨然一部专题性红学批判史。全书理论稳固，条理清晰，资料全面，论据充分，思考有关红学的关键点，聚焦红学之众多争议。”① 冯凌的评价是中肯的，如果读者仔细阅读《红楼梦与诠释方法论》一书的章节目录，即可看得该书的基本面貌和异于流俗之处。笔者照录该书目录如下：

① 冯凌：《［港］洪涛：〈红楼梦与诠释方法论〉》，《华西语文学刊》，2012 年第 1 期。

从以上目录可以看出：作者所考察的问题大都极具话题价值，其密集的提问的确令人目不暇接，阅读的感受可谓十分过瘾，绝非“师心自用”之类红学著述可以相提并论。书评作者冯凌称《红楼梦与诠释方法论》“俨然一部专题性红学批判史”堪称确评无疑，显而易见，这是一部学术史视野颇为开阔的红学理论批评史新著。该书第三章、第四章对于诸种问题的辨析尤为细密，是全书颇为精彩的部分。尽管读者并不一定赞同其观点或结论，却不得不佩服其严谨的学术态度及绵密的思辨能力，并且，作者对整个红学史的熟稔及独立思考颇为可佩。

笔者对《红楼梦与诠释方法论》的关注则表现在撰著《港台及海外红学学案》《周汝昌红学论稿》的过程中参考并引述了该书中的相关论述和主要观点，现择录如下：

《港台及海外红学学案》“潘重规的红学研究：索隐旧途迷不悟，校红述史开新篇”：

> 洪涛在谈及潘重规的“索隐”时认为：“潘重规（1907—2003）在1959年出版《红楼梦新解》一书重新提出索隐派的反满说，对胡适一手创立的‘新红学’自传说逐点驳议。潘说是否妥当，容后再议，但他对自传说的攻击是主要红学流派之间的论争，在红学发展史上有一定的意义。”由以上认识可见，客观地分析潘重规“索隐”的动机和效果之间的是非曲直，要比那种一味地“棒杀”做法更符合学术精神。至于潘重规的《红楼梦》“作者观”，若按洪涛的说法，其实就是一种“诠释暴力”。当然，不仅只是潘重规在利用《红楼梦》的作者问题施行“诠释暴力”，“总而言之，在‘作者决定论’的影响下，许多红学家都做过‘作者心理重建’的工作。表面上，似乎‘作者的意义’是一种制约诠释的因素，使红学家不作他想。而实际上，所谓‘作者的心理’本身不过是诠释者的建构（interpreter’s constructions）。‘作者’在诠释领域中是个‘游移不定’的人物（就‘著作权’和‘著作心理’层面而言），不但不足以制约诠释行为，反而沦

为可资利用的人物。”由以上评述可见，潘重规“索隐”的启示性要比他的观点的正确与否更具有思考价值，即无论“索隐派”红学，或者“考证派”红学，抑或“批评派”红学，都已经在《红楼梦》作者问题上施行过“诠释暴力”，只不过是施行的程度有别或者自觉性不同而已。其实，这种“诠释暴力”又何止仅仅施行于《红楼梦》作者问题上呢?①

笔者按：“诠释暴力”的说法留给笔者很深的印象，这是对红学研究中的痼疾的极具形象性的概念化表达，其能指相对宽泛，其表现力则极其鲜明而强烈。可以认为，“诠释暴力”是造成红学的共识极难达成的主要原因之一。并且，“诠释暴力”所造成的意气用事的局面又往往使红学风气日益恶化。在笔者看来，红学论争也罢，红学公案也罢，如果引入“诠释暴力”一词加以反观，至少可以得到更为明晰的诠解。其实，这种“诠释暴力”已然施用于《红楼梦》各种问题的讨论中了。长期以来，人们对红学乱象的认知往往从意识形态、宗派斗争、人事纠纷诸方面加以理解，而洪涛提出的“诠释暴力”则提供从学理方面加以理解的视角。如果说作者未必如此用心，那么读者又何以不能如此理解呢？总之，笔者从“诠释暴力”一词使用中看出了作者的“压在纸背的心情”（即为学术而学术的同时保持人间情怀），由其序言则略可测知：“近年来，内地红学界的‘诠释权’‘诠释权威’之争渐趋激烈。笔者……独学无侣，冷眼隔岸观火之余，或因而更能保持学术客观性也未可知。”② 谈及红学乱象，笔者曾在

① 高淮生：《港台及海外红学学案》，知识产权出版社 2019 年版，第 77 – 78 页。
② 洪涛：《红楼梦与诠释方法论》，北京图书馆出版社 2008 年版，第 6 页。

“纪念曹雪芹诞辰300周年学术研讨会”（2015年3月28日于江苏徐州中国矿业大学举办）上提出过基本评估：红学从一度的学术“风向标”，成了现在的“烂泥潭”。那么，“红学的‘泥潭’是怎样形成的呢？一则走学术的歪道；二则陷入意气之争的深渊。这两者的本质是相通的，即名利二字，走名利之途，为名利而争。红学已经成为‘俗学’也正是从这个意义上说的，‘俗学’即‘泥潭’，‘泥潭’之‘烂’，在于其污染学术环境，而且积重难返。所以，红学的历史反思以及红学的学科危机的话题成为本次会议最关心的议题。”① 至今日反观，笔者的以上评估并非“误判”，这一学术自信当然并非源自“红边看客”般的睿智，而是基于百年红学史考察过程中的清明认知和切实体悟。

《港台及海外红学学案》“伊藤漱平的红学研究：从来考辨见功力，研红何惧费精神”：

> 孙玉明的所谓“不能理解”却被洪涛点破，他说：“曹家被抄家和所谓的‘家恨’，成为大部分新索隐的枢纽，这枢纽方便他们在诠释上通向朝廷政争。换言之，曹雪芹的历史性（historicity）成了新兴索隐派的‘种子’（诠释的基本因子）。”“日本红学家伊藤漱平也走上了这道路。”如果从阐释方面上说，这涉及文本与作者观念之间的关系问题，“所谓‘作者观念’指各种涉及作者的信念，人心中的‘作者形象’，这两项都足以影响研究者的诠释方向和价值判断。”“《红楼梦》的文本和文本结构未必主宰诠释的结果，相反，有时倒是诠释者主宰了文本的文字、意义和‘结构’。表面

① 高淮生：《红楼梦丛论新稿》，中国矿业大学出版社2016年版，第204页。

上论者追索的是‘作者原本’‘作者原意’，实际上，往往是以论者一己的诠释和价值判断来代替‘原本、原貌、原意’。”也就是说，伊藤漱平《红楼梦》研究的考据过程的索隐倾向源自一己的诠释和价值判断，这从他的《关于七十回本〈红楼梦〉假说》和《〈红楼梦〉成书史臆说——关于七十回稿本存在的可能性》的立意即可看出，其实，“假说”也好，“臆说”也罢，说到底毕竟不过是“笔者认为”而已。①

笔者按：“诠释暴力”同样可以作两面观，它并非仅仅导致负面的或者消极面的影响和结果，它同样可以导致正面的或者积极面的影响和结果，其“能指”显然大于“所指”。“《红楼梦》的文本和文本结构未必主宰诠释的结果，相反，有时倒是诠释者主宰了文本的文字、意义和‘结构’。”洪涛基于这一认识和判断对红学探佚所做的辩证分析不仅中肯而且具有启示意义：我们当然不能以“主观”“不科学”的评语就一笔抹杀探佚者的工作，因“伏线”“奇文”还是取自《红楼梦》文本，但是，就连探佚的专家本身也感受到探佚可以探到漫无边际的地步，例如探佚的专家蔡义江也称某些“探佚的结果，无奇不有”“惊耳骇目”。② ……文艺研究本来就是主客观融合的活动，不能完全避免主观成分，更遑论“科学”。探佚巨擘梁归智强调：从事探佚和研《红》，必须具有“艺术感悟力和深邃的思考力”。在其他人的心目中，这是放诸四海而皆准的道理，然而，如果过分强调这一点，探佚就

① 高淮生：《港台及海外红学学案》，知识产权出版社 2019 年版，第 306 页。
② 洪涛：《红楼梦与诠释方法论》，北京图书馆出版社 2008 年版，第 171 页。

偏向于上文所说的“reader's contribution”，亦接近于传统诠释学中的“心理诠释”（pychological interpretation）。如果探佚者人人都自诩具有“艺术感悟力和深邃的思考力”，自视为曹雪芹的“知己”，将异议者贬为没有“艺术感悟力和深邃的思考力”，这又如何？这种局面，探佚学作为一门学问、一门“科学研究”，要不要面对呢？这个难题不处理好，虽无妨于探佚的继续进行，但是，探佚所得的“原著整体精神面貌”，恐怕也不易取信于人。这也许是探佚要上升为“探佚学”必须面对的根本问题。换言之，这个“学”的基础是什么？是否说到底还是探佚者的“感悟”居多？探佚的结果难以得到完全的认同，是有原因的：探佚文章中“可能”“也许”“大概”“似”“似乎”“或者”等词使用的频率甚高，因此，他们的说法、探佚的结果，读者恐难完全相信。这些词语在探佚家笔下出现，本身就说明他们自己也不想说得太“实”。既然这样，为什么《红楼梦》的探佚仍然对一般读者有强大的吸引力？[①] 在笔者眼中，《红楼梦》八十回以后，就是一个巨大的空白或未定点。探佚家的探索结果，也往往令读者感到曹氏《红楼梦》结构、结局的不凡之处。法国文论家罗兰·巴尔特（Roland Barthes）曾将文本分为两类，其中一类就是“可写的文本”，这类文本让读者积极参与文学本身的“活动”和“生产”，可以给读者一种共同著作的欢乐。我们也可以说《红楼梦》的文本内部就有这种特征。[②]

洪涛不仅看到了《红楼梦》探佚的困境，同时看到了探佚的

① 洪涛：《红楼梦与诠释方法论》，北京图书馆出版社 2008 年版，第 172 页。

② 洪涛：《红楼梦与诠释方法论》，北京图书馆出版社 2008 年版，第 173 页。

前景，这就比那种一味“棒杀”或者“捧杀”的做法更加有说服力，这是他借鉴西方文论以拓宽视野之际的通观认知。洪涛在《红楼梦与诠释方法论》序言中说：“我始终没有回避‘西方’，也没有放弃‘理论’，主要原因，是希望本书有比较坚实的学理基础，不至于像某些谈红著作那般无甚章法，师心自用。其次，我既处于中西文化交汇之地，也愿意做游戏厅的新尝试，看看在西方学术视野中，红学是怎么一回事。”① 洪涛的确看到了那些“师心自用”的谈红著作所没有看到的红学面相，如他自己所说“本书以看清红学真相为本愿”②，《［港］洪涛：〈红楼梦与诠释方法论〉》一文作者如是说：“《红楼梦与诠释方法论》的一个重要的特点，就是整本书均架设于坚实的理论基础之上，虽然整本书的篇章都是以具体实例为切入点，看似细小，但所涉及之处，无不旁征博引。作者选取了一个非常新颖的角度，用西方的理论解释中国的文学研究，但是这并非诸如国内很多研究者那样生搬硬套，以偏概全，囫囵吞枣。作者在本书的序言中写道，这部书吸收了大量西方诠释学理论的精华，所以读者难免有所质问。作者也说过，之前按照原本的思路写好交给了岭南大学的马幼衡先生，当时确实心里忐忑，如履薄冰，但会上并未被指出不妥之处。作者又在文中回忆道，早闻马先生对生搬硬套深恶痛绝，所以自己也颇为谨慎，本书在援用理论时，主要是借用西方学者观察问题的角度，注意吸收了其中的精华，而避免了理论先行的思想，并且作者认为这是一种大胆的尝试与创新，尝学术界之少

① 洪涛：《红楼梦与诠释方法论》，北京图书馆出版社 2008 年版，第 3 页。
② 洪涛：《红楼梦与诠释方法论》，北京图书馆出版社 2008 年版，第 5 页。

尝，创理论界之新颖。”[①] 该书评作者所谓“尝学术界之少尝，创理论界之新颖”的评价十分中肯，正因为这样的尝试，才使得《红楼梦与诠释方法论》一书成为引人入胜的红学著作。

洪涛在该书“序言”中特别谈及本书特点及特别用心：“本书的特点在于以西方文学理论为架构，追溯《红楼梦》由产生到被接受的真相，并考察作者、文本、读者三大关键与诠释活动的关系；书内所援引的理论范畴主要是 author - centred criticism (author function)，textual criticism，reader - response criticism，也就是作者功能理论、文本批评、读者反应批评，而益以符号（semiotics）的理念。贯穿各章的主线是寻绎诠释活动以什么方式进行，并追踪意义衍生的过程和规律。因此，也可以说本书是在尝试做‘元批评’，或者‘后设红学’。”[②] 应该说，用心地做红学“元批评”或者“后设红学”的尝试是一件极具学术挑战性的事情，即便这种尝试的得与失尚有待于时间检验，但其学术拓新意义则是不容置疑的。

《周汝昌红学论稿》第三章“‘红学四学’：红学何为?”：

> 其实，这种将红学研究“文学”化的做法因为存在着显而易见的不确定性，必然使其红学研究中的“学”的品质受到质疑。即如洪涛所说：“回顾近代的《红楼梦》版本研究，我们可以看出《红楼梦》的文本研究地位是不稳定的。……考察过各类文本研究，我们可以断定：从‘内在结构’‘有机性’来理解作品，本身是正当的，因为这免除了挟‘外

---

① 冯凌：《［港］洪涛：〈红楼梦与诠释方法论〉》，《华西语文学刊》2012 年第 1 期。

② 洪涛：《红楼梦与诠释方法论》，北京图书馆出版社 2008 年版，第 1 页。

证’来框套于作品的危险，但本书和各种抽样调查都显示文本的‘内在结构’和‘有机性’往往不是完全客观的‘文本特征’，因为‘内在结构’‘有机性’还须靠评家去‘发现’和董理。一旦承认这点，那么，借‘内在结构’所推导出来的‘作者本意’，也就不是完全客观自存的了。评论者的意见必然已渗透其中。评家读者的权威，有时候会压倒文本的权威；评家读者的意图，也可能假借‘作者的意图’而呈现在世人面前。”

总之，“红学”这一话题的话题价值至今仍具有诱惑力，尽管至今也没有真正形成具有权威说服力的共识性的说法（部分共识已经形成）。当然，即便具有权威说服力的共识性的说法没有最终形成，也并不影响人们对“红学”的关注以及发表研讨意见或学术成果，因为“红学”的影响力一直存在。为什么至今也没有真正形成具有权威说服力的共识性的说法呢？笔者更愿意接受梅节的观点：“其实，红学现在仍是摸索、开拓、成型阶段”。①

笔者按：既然由“内在结构”所推导出来的“作者本意”并不是完全客观自存的，那么，“诠释暴力”就是不可避免的了。洪涛对于《红楼梦》诠释问题的“论述分析”如他自己所说即“透视它们的原形和脉络”，② 这种“论述分析”实在能够给读者带来接受上的痛快淋漓之感，作者的“论述分析”过程往往也是痛快淋漓的。当然，作者最终的目的则在于“也正是借‘论述分

① 高淮生：《周汝昌红学论稿》，知识产权出版社 2017 年版，第 110 – 111 页。
② 洪涛：《红楼梦与诠释方法论》，北京图书馆出版社 2008 年版，第 5 页。

析'，我们看到了红学中的'暗度陈仓''附加解码''过度阐释'和'诠释暴力'。"[①] 尽管作者"论述分析"的愿望十分单纯，即为了看清红学的真相，其实，真正实现这个愿望却需要并不简单的提出问题、分析问题、解决问题的能力。通观全书，应该说《红楼梦与诠释方法论》一书基本实现了作者的这个十分单纯的心愿。至于读者是否"看清"了《红楼梦与诠释方法论》一书的"真相"，即便作者有所期待，然而也是难以猜测的。因此可以说，这样一部《红楼梦与诠释方法论》的确尚需知音会赏者的适度诠释或者有效接受，否则，作者的期待大抵也会毫无悬念地沉向茫茫红海（"红学之海"）之中吧！笔者记得细读过《红楼梦与诠释方法论》一书的梅节先生曾在其《海角红楼》"序言"中一往情深地说："我不知道这本书的出版能有几个读者，但我写这些文章是花了心血的。有些文章触犯一些人，包括朋友。但我不敢现在就作对与错的结论。我把《海角红楼》当作一只纸船，让它载着无可言说的恩恩怨怨，漂向红学的书海，浮也罢，沉也罢，找到自己最后的归宿。"[②] 所谓幸或不幸，不过是心有所系而已！

遗憾的是，迄今为止这部红学史难得一见的《红楼梦》诠释方法论著述的学术影响并不那么理想，尤其作为"方法论"以指导红学研究实践活动的作用并未充分而有效地彰显。原因何在呢？且看洪涛如何说："本书以看清红学真相为本愿，红学若需改弦易辙，也留给别人去做。"[③] 作者十分清楚哪些是自己该做的

① 洪涛：《红楼梦与诠释方法论》，北京图书馆出版社 2008 年版，第 5 页。
② 梅节：《海角红楼——梅节红学文存》，国家图书馆出版社 2013 年版，第 3 页。
③ 洪涛：《红楼梦与诠释方法论》，北京图书馆出版社 2008 年版，第 5 页。

事情，哪些是需要“别人”去做的事情，尽管不免给人以“明哲保身”的印象，其实，他教读者“看清红学真相”的一招一式已然参与到红学“改弦易辙”的过程中了。

笔者坚信：红学研究需要这样一部方法论著作，红学史需要这样一部方法论著作，红学学科建设需要这样一部方法论著作。

最后需要说明的是，笔者之所以评介《红楼梦与诠释方法论》一书，另有一个心理动因，即作者在为学术而学术的同时保持着应有的人间情怀，这一方面与笔者可谓同声相应、同气相求吧！至于所谓“规范严谨，旁征博引”方面的著述特点，并非笔者撰文的主要原因。

第三章

精读《红楼梦》的“大家小书”

——胡菊人著《小说红楼》

胡菊人是香港著名的报人、专栏作家和文学评论家，据陈浩泉说：“二十世纪六十年代以来，在香港文化界，胡菊人这名字是无人不晓的。”[①] 他不仅热衷于编刊办报，同时热衷于文学评论，他在文学评论方面的著作有《〈红楼〉〈水浒〉与小说艺术》《文学的视野》《小说技巧》等。陈浩泉在《小说红楼》“代序”中说：“特别值得一提的是《小说技巧》与《〈红楼〉〈水浒〉与小说艺术》两书。这两本书都有港、台两个版本，前者的台湾版更两个月未到就再版，可见其受欢迎的程度。《〈红楼〉〈水浒〉与小说艺术》对两部古典小说有深入独到的分析，是很好的文学欣赏辅助读物。”[②] 值得特别关注的是，胡菊人的《红楼梦》评论合集《小说红楼》一书于2017年5月由江西教育出版社出版了，这部报刊文章结集堪称“大家小书”的精彩之作。

说起“大家小书”，不能不提及另一部由报刊连载文章结集成书的《红楼小讲》，这部“小书”的作者是著名红学家周汝昌先生，由于这部“小书”满足了读者的阅读需要而一版再版。袁行霈曾在《红楼小讲》“序言”中说：“‘大家小书’，是一个很俏皮的名称。此所谓‘大家’，包括两方面的含义：一、书的作者是大家；二、书是写给大家看的，是大家的读物。所谓‘小

① 胡菊人：《小说红楼》，江西教育出版社2017年版，第1页。
② 胡菊人：《小说红楼》，江西教育出版社2017年版，第17页。

书’者，只是就其篇幅而言，篇幅显得小一些罢了。若论学术性则不但不轻，有些倒是相当重。”① 可以说，《小说红楼》《红楼小讲》都是“大家”写给大家看的学术性“相当重”的“小书”，它们的可比较之处颇多，有兴趣的读者（或研究者）可以将两书合观，应该会有可观的收获。

胡菊人在谈及《红楼梦》的形象和颜色时说：“现代学术昌明，新派学问不断出现，一定已有一门新的学问，叫作什么‘色彩心理学’了。有也好无也好，说个笑话，即或真的有了，我们也不必出洋镀金镀银，只要在家里精读《红楼梦》，就可得这门学问的大要。”② 胡菊人倡导“在家里精读《红楼梦》”，即便足不出户（即“不必出洋镀金镀银”），同样可以获得“这门学问的大要”，“这门学问”即“色彩心理学”。如果引申言之，亦可指代各种新派学问，这些新派学问如果引入《红楼梦》评论中均可作如是观。黄维樑说：“胡菊人的文学批评，基本上循美国新批评学派路数而进行，认为小说乃艺术，细读细析才显真章。”③ 如果黄维樑所言中肯，那么，胡菊人也是通西洋文学批评之学的，不过，笔者在通读《小说红楼》的过程中并未发现他戴着西洋墨镜来“小说”《红楼梦》。而胡菊人在《文法语非实生活》和《推窗才可望月》两篇短文中的两段话竟给笔者留下印象，现摘录如下：

自“五四”以来，有“新文学”及“白话文”运动，

① 周汝昌：《红楼小讲》，北京出版社 2002 年版，第 1 页。
② 胡菊人：《小说红楼》，江西教育出版社 2017 年版，第 38 页。
③ 胡菊人：《小说红楼》，江西教育出版社 2017 年版，第 38 页。

中国文学语言有了重大的改革，这自然是有积极的贡献和意义。但是由于盲目西化的结果，对低能的中国作家写中文创作，也带来若干坏的影响。①

什么是“肌理”？牵涉到多方面。肌理本来可以称为“布局”，或叫“情节”。但都不及“肌理”二字来得恰当。因为：布局或情节，只是“肌理”的一部分，并非全部。肌理——是全面的表现方式问题。在本世纪初，西方小说的大革命，主要是反对传统的“布局”，布局虽可反，“肌理”却不可反。任何小说，都得有“肌理”，不管那是自然主义、写实主义、浪漫主义、古典主义，或超现实主义、象征主义、反小说主义，无论什么主义——这原是西方的叫法，但都不能没有“肌理”。②

笔者按：胡菊人在《文法语非实生活》一文对中国文学语言改革的评估以及盲目西化的负面影响的评估十分中肯，这样的评估对今天的作家和读者（包括文学评论者）是有极深刻的启示意义的。其实，这种盲目西化何止对中国作家写中文创作带来若干坏的影响，它对中国读者鉴赏或评论中国古代经典作品也同样带来若干坏的影响。周汝昌曾在《什么是红学》一文中反对用“十六字真言”（“形象鲜明，性格突出，语言生动，结构谨严”）评论鉴赏《红楼梦》，这“十六字真言”正是“洋八股”的“套论”。他强调“中华文境”，且标举“雪芹笔法”（即“红楼笔法”），他的《红楼小讲》《红楼梦与中华文化》《红楼艺术》等

① 胡菊人：《小说红楼》，江西教育出版社 2017 年版，第 45 页。
② 胡菊人：《小说红楼》，江西教育出版社 2017 年版，第 65 页。

鉴赏和评论《红楼梦》之书总能娓娓道来，不拘格套地谈讲他自己对《红楼梦》的感悟和理解。吴小如曾在《红楼艺术》序言中说："最近读完周先生的《红楼艺术》，不禁为他鞭辟入里的创见新解而倾倒折服。他不仅是曹雪芹的知心人，是《红楼梦》的鉴赏家，而且通过此书还证明了一个事实：没有受过我国传统文化艺术的长期熏沐陶冶的人，是不易真正理解'红楼'三昧的。"① 笔者引述这段评价的用心是在告诉读者：胡菊人受过我国传统文化艺术的长期熏沐陶冶，所以他的《小说红楼》能够真正理解"红楼"三昧。读者在《小说红楼》一书中是看不见"十六字真言"的影子的，所看到的是作者对《红楼梦》题旨和艺术的知音会赏，是作者对《红楼梦》题旨和艺术的"疑义"解析的入情入理。遗憾的是，"十六字真言"已然遗憾无穷了，甚至已经积重难返了。由此遗憾读者亦可见笔者评介胡菊人《小说红楼》一书的用心吧！

至于胡菊人的小说"肌理"观，读者是否感到似曾相识呢？清代翁方纲推崇宋诗，提倡"肌理说"，"肌理说"与"神韵说""格调说""性灵说"为清代前期诗歌理论的四大流派。由诗论借鉴至小说论，可谓顺理成章，由此可见胡菊人在评论鉴赏《红楼梦》过程中对中国古代文论的理解和借鉴能力。笔者尤其欣赏胡菊人决然自信的态度——不管那是自然主义、写实主义、浪漫主义、古典主义，或超现实主义、象征主义、反小说主义，无论什么主义——这原是西方的叫法，但都不能没有"肌理"。可见，胡菊人对于所谓的"主义"并不那么热心，他最热心的是《红楼

① 周汝昌：《红楼艺术》，人民文学出版社 2015 年版，第 1 页。

梦》文本：只要在家里精读《红楼梦》，就可得这门学问的大要。《小说红楼》是胡菊人精读《红楼梦》的心得，他将这些心得分享给读者，无疑是在分享他对《红楼梦》研究这门学问所得到的大要。由此说来，《小说红楼》这部“大家小书”竟可成为读者进入《红楼梦》研究领域的“宝筏南针”了。“宝筏南针”是借用梁归智为《红楼小讲》所作序言中的评语：“周先生的这册《红楼小讲》，我只看到了目录，但已经感受到是能够引领普通读者进入《红楼梦》真境圣境的宝筏南针，能够让读者对曹雪芹的‘痴’所体现的中华文化之精义初尝滋味。”① 当然，无论是进入《红楼梦》研究领域的“宝筏南针”说法，还是进入《红楼梦》真境圣境的“宝筏南针”说法，这类评价都可能是一种“诠释暴力”，即评者以己意强加给作者或读者。试问：评者果真先于作者或读者持“南针”乘“宝筏”浮于“红海”了吗？子曰：道不行，乘桴浮于海！得道者才可能有此自信，然而，果能得道则何其难哉！

其实，自有《红楼梦》以来，各种读法数不胜数，笔者仅列举两种说法以供借鉴。譬如境遍佛声在《读红楼梦札记》一文中：“读《红楼》之书，须具两副眼光：一眼看其所隐真事如何穿插，一眼看其所叙闲文有何关系，两不相妨，方能有得。若拘于年齿行辈，时代名目，则失之远矣。读《红楼》不可只读本文，须并其批评读之。”② 境遍佛声不主张“只读本文”，这一点就与胡菊人的意见不同，是否他们所面对的阅读对象的层次有所

① 周汝昌：《红楼小讲》，北京出版社 2002 年版，第 10 页。

② 吕启祥、林东海主编：《红楼梦研究稀见资料汇编》（增订本），人民文学出版社 2006 年第 2 版，第 6 页。

不同呢？再譬如俞平伯说：“应当怎样读《红楼梦》呢？只读白文，未免孤陋寡闻；博览群书，又恐迷失路途。摈而勿读与钻牛角尖，殆两失之。”[①] 俞平伯同样不主张“只读本文”，他同时指出“只读本文”的弊端，又谈及阅读《红楼梦》的两难处境问题。胡菊人在《小说红楼》中并没有思考境遍佛声和俞平伯所谈及的问题，不过，如何读《红楼梦》的具体经验已经提供给读者了。陈浩泉在谈及胡菊人《小说技巧》时说：“《小说技巧》一书在胡菊人与白先勇对谈后所写，他从小说的文学特性、心理描写、叙事观点等各方面来探讨小说的创作技巧，还有许多名家作品的实例，其中也有一章专论《红楼梦》的象征意义。胡菊人虽未写过小说，但阅读小说超过千篇，其中篇章可说是欣赏的心得，也是小说写作极好的一本参考书。”[②] 陈浩泉的这段评价完全可以借来评论《小说红楼》一书，这部小书在探讨小说的创作技巧方面既有实例且细致入微，譬如“《红楼梦》的文字”“形象和颜色”“动作和对话”“小说的肌理”“《红楼梦》的象征意义”等部分，其欣赏《红楼梦》创作技巧的心得俯拾皆是，是《红楼梦》鉴赏或研究极好的一本参考书。

胡菊人在《小说红楼》一书中特别擅长在中西小说比较中将学理寓于鉴赏之中，现将若干精彩段落列举如下：

> 你问：《红楼梦》最了不起的地方是什么？我会说：是肌理。……你问：与西洋小说比较又如何？我说，在曹雪芹

---

① 俞平伯：《红楼心解——读〈红楼梦〉随笔》，广西师范大学出版社 2005 年版，第 276 页。

② 胡菊人：《小说红楼》，江西教育出版社 2017 年版，第 17 – 18 页。

那个时代，西方小说还在起步的阶段，在各方面来说，自是无一能比。我们实在不懂这位曹雪芹，为什么走得这样快。至于往后来数，以英国来说，约在半个世纪之后，出现了一些大小说家。其中最为特出的如珍·奥斯丁（《傲慢与偏见》）、狄更斯（《双城记》），他们就写下不少不错的小说。但就全面技巧说，比曹雪芹仍是大逊。就肌理来说，奥斯丁并不差，可能优于狄更斯，然与曹雪芹比较，仍得再多借鉴学习。若问：全面比较又如何？你是说，把曹雪芹置于中西自古至今的大小说家之林，他的地位高低？我说，能与他相比较的，数不出十个或者五个。这是纯就技巧来论，而不及于题旨，因为内容是难说得很。有些八股家可能将高尔基、鲁迅摆在他之上，据说那是什么“革命文学”。但技巧是实实在在的，无法在大口号上取巧。在技巧上我们可以说自清末至“五四”直至今天，在中国言，无人能与曹雪芹并肩。他的技巧，尤其在肌理上，细心研究，令人惊骇，以为是神鬼写下的文墨。又问：在小说史上，无论中外，最重大的进步是什么？现今的进步是否超越了曹雪芹？这是一个值得我们研究的问题。不过这个题目太难太复杂。如果要避难就易，大题小讲，挑最概括最重心的一点，无疑就是在“肌理”方面，肌理是现代小说的进步关键，是“现代”与“传统”最大的分界之处。因为小说技巧最重要的一次革命，其实根本就是“肌理”问题。[1]

笔者按：以上这段评述见《肌理　进步　革命》一文，其中

① 胡菊人：《小说红楼》，江西教育出版社2017年版，第63－64页。

所涉及的问题面比较多，内容很丰富，若拈出几个最紧要的关键词来，至少应该包括“曹雪芹”“红楼梦”“肌理”“技巧”“古今中外”“难以并肩”“小说史”“进步关键”等，这些关键词足以帮助读者清楚地理解这段评述的大要。笔者以为，如果胡菊人根本没有“阅读小说超过千篇”的阅读经验，想必不敢轻言“小说史”，想必不敢轻言“现代小说技巧革命”。尤其值得一提的是，胡菊人对有些八股家将高尔基、鲁迅摆在曹雪芹之上的所谓“革命文学”颇有微词，由此可见他的小说观的鲜明立场。

美国小说家之著名者，晚于曹雪芹一百多年，有亨利·詹姆士，两者同可称为“人情小说”家，詹姆士亦喜以女子为题材，若就探讨人性之深刻，观察人情之细致，以及在人生观、生命观、宇宙观之博大，则詹姆士万万不及。曹雪芹所提出的问题有普遍性意义，如时间、如欲望、如人生之解脱。詹姆士的眼光主要是欧美两个社会的文化对比，美国人在欧洲之“不相谐性”，意旨有所局限。有趣的是詹姆士所重视的小说技巧——主观笔法、人物重于故事，在一百多年前的《红楼梦》里都已经用上了。詹姆士的小说理论，在现代西方文学界极为重要，有前驱功绩，人物重于故事，以《红楼梦》言诚合。贾宝玉、林黛玉、薛宝钗这些人，不同性格、不同背景、不同人主观的彼此纠缠和矛盾，正是故事人生悲剧和性格悲剧之由来。传统小说与现代小说最大的分野，是前者以说故事、情节布局为主；后者以人物个性和主观描写为主。照此而论，十八世纪中叶左右的曹雪芹，处于传统小说的时代，但他的小说却极富于现代性，《红楼梦》

的中心思想，亦是现代人可以感同身受的思想。一部作品，所谓长存不朽者，即在于此了。……主观世界与客观世界交融于一，梦幻世界与现实世界互相映照，经常出现于《红楼梦》情节之中。透过窗前的大镜贾宝玉做梦与甄宝玉相见的一段，是极新款的手法。主观与客观交错并行笔法，亦屡屡可见，有时还用上“旁观”笔法。这在至今为止的世界第一流小说里，亦未必能充分运用。现代小说所谓“view - point”的转移使用，曹雪芹是先声夺人的第一响。①

笔者按：以上这段评述见《主观眼与客观眼》一文，集中谈讲了传统小说与现代小说最大的分野问题，不仅通俗易懂，而且启人心智。其中对《红楼梦》处于传统小说的时代却极富现代性这方面的阐述体现了胡菊人对中西两种文化博观圆照的功夫，他熟知西方文学界关于“客观外在”和“主观内在”方面争论以及中国古代关于主观客观方面融合的背景和得失。读者从以上这段评述中是否果真体会到永忠所说的“传神文笔足千秋”这句诗的真义了呢？

在曹雪芹以前，几乎无人（？）能脱“说书人讲故事”的若干习惯，在小说艺术上便进步极少，甚至在曹雪芹以后，仍没有显著的大突破。百来年间，曹雪芹的优点竟没有多少人能学到。如何由一事转到另一事、由一情节带入另一情节，由一人物接到另一人物，在小说演进史上极端重要。外国虽或没有“说书”的传统艺术，但亦遭到同样的难

① 胡菊人：《小说红楼》，江西教育出版社 2017 年版，第 75 - 77 页。

题——如何避免讲故事的人现身，而由书中人物自己发展情节，是要到非常晚才创造出来的技巧。白朗蒂姊妹诚然是好小说家，《呼啸山庄》和《简·爱》至今为人盛赞不衰，她们约当曹雪芹之后一世纪，像中国清末小说家，仍脱不了站在读者面前说故事的旧习——这个旧习，是由一百年前左右英国小说开发期的艾狄逊、狄福、理查逊、费甭丁等人，写“传奇故事”而遗延下来的。《简·爱》第十一章的开始，因为要转接故事的另一阶段，便这样说：“一部小说中新的一章，就如同一篇戏剧中新的一场，在我这次拉起幕来的时候，读者啊，你必须想象你看见……一间房屋。”像这样转接，就是“欠肌理”，作者到此竟束手无策，不得不自己跳出来。……好小说家会给你舟船或一道桥，坏小说家则只能自己出来一手把你掷过去。至于曹雪芹，在这搭桥或引渡的技巧上，如何天下独步？下回分解。①

笔者按：以上这段评述见《渡河必须搭桥》一文，可见胡菊人对中外小说史的熟稔，没有这一方面的功夫，自然做不好小说鉴赏的文章，当然还包括审美感受力和审美见识力，这两方面基本功夫的兼美，使《小说红楼》一书成为名副其实的“大家小书”。当今之世，业已发表的《红楼梦》鉴赏文字连篇累牍，业已出版的《红楼梦》鉴赏著作积案盈箱，能与《小说红楼》一书媲美者几何？

其实，《小说红楼》一书中最能令读者愉悦的还是那些结合人物情节娓娓道来地品鉴《红楼梦》艺术表现技巧方面的文字，

① 胡菊人：《小说红楼》，江西教育出版社2017年版，第75－77页。

这里就不再举例赏评了。

笔者在此分享自己阅读《小说红楼》的别样感受：读《小说红楼》既容易走进去也容易走出来，是一种“无我之境”的感受，这一感受是与阅读《红楼小讲》比较之后的体验。怎么理解呢?《红楼小讲》是周汝昌借以表达他所理解的《红楼梦》的真貌或者说他自己的红学观的媒介，给人以“有我之境”的感受。这样的导读往往不容易引领读者走进去，一旦果真走进去了最怕走不出来了。当然，《小说红楼》《红楼小讲》这两种导读对于读者而言往往因各取所好、各取所需而获得不同的阅读体验，倘若能够因此获得有关《红楼梦》以及《红楼梦》研究这门学问方面的新认识、新眼光、新方法，的确就是一种福气了。

第四章

永远扯不清的问题

——曾扬华著《钗黛之辨》

刘梦溪在《红楼梦与百年中国》一书中说："红学的第一大公案是宝钗和黛玉孰优孰劣问题，这简直是个永远扯不清的问题。……自有《红楼梦》以来，人们就感到不好区分。不好区分，偏要区分，争论自不可免。因此便有'拥薛'和'拥林'两大派，在可预见的将来，看不出有调和的余地。只要《红楼梦》还有读者，此一公案便会永远聚讼下去。"① 不仅"拥薛""拥林"两大派会永远聚讼下去，即便是"薛林双拥"或者"钗黛合一"也同样会遇到质疑。

曾扬华著《钗黛之辨》一书便是对这样一个"永远扯不清的问题"集中考察与辨析的尝试之作，这是红学史上第一部系统而全面地研讨此问题的红学著作，值得读者关注。

为什么要对这一"永远扯不清的问题"全面系统地"辨"一"辨"呢？曾扬华在《钗黛之辨》一书"引言"中说："其实，钗、黛之争，不仅是激烈的，而且把它分辨清晰还是十分重要的，这至少有下面几点理由：一、《红楼梦》是一部长篇巨著，书中主要人物也不止一人，贾宝玉、林黛玉、薛宝钗、王熙凤可说是书中的四根大梁，缺一不可。因此，当四人中有两个存在尖锐纷争的情况，我们就十分有必要对其作出辨析了。二、林黛玉与薛宝钗这两个人物应如何评价，这不仅仅是她俩本身的问题，

① 刘梦溪：《红楼梦与百年中国》，河北教育出版社1999年版，第397－398页。

还牵涉对其他许多和她们有着紧密关联的人和事的认识。如果对这些问题的认识得不到最起码的和最基本的解决，那就更不用说对《红楼梦》全书有一个比较全面客观的认识了。三、《红楼梦》中有许多与其他作品不同的特别笔法，不弄明白它们，要真正读懂《红楼梦》就很难。'红学'中的许多争议，有相当一部分是因为不懂它的笔法，所以弄不懂、会错意，从而去和别人瞎争一气。在钗、黛之争中，更是大量存在这种情况。因此辨明这个问题的过程，其实也是解读《红楼梦》特别写作笔法的过程。它不但能使我们真正认识这两个人物，而且也能够帮助我们弄懂曹雪芹的种种特殊写作笔法，进而触类旁通地去解读《红楼梦》中的一些其他内容。在塑造钗、黛这两个重要人物时，对薛宝钗运用的特殊笔法尤其多。当然，这要在后文的具体探究中才能说得清楚。"① 曾扬华所说的三个理由，第一个理由并不充分，第二个第三个理由的确可取。那么，是否还有其他理由呢？答案是一定会有其他理由的。正因为各种其他理由的存在，所谓"永远扯不清"这一说法也才能比较容易令人信服，这大抵正是读者接受的原因造成的吧！

《钗黛之辨》一书"后记"说："二十多年前，我曾写过《钗黛十论》一文（见拙著《红楼梦新探》，广东人民出版社1987年版），此后，对此问题也断断续续地有些思考。"②《钗黛之辨》一书被曾扬华断断续续地思考了二十年，这个时间不能算短了，他为什么一直对这一难题情有独钟呢？读者可以在曾扬华

① 曾扬华：《澄明集》，东方出版中心2017年版，第2–3页。
② 曾扬华：《澄明集》，东方出版中心2017年版，第397页。

著《澄明集》“后记”中找到答案：“可以自幸的是，不管是什么时候、写的是什么问题，在社会思潮剧烈变化的几十年里，这些文章所秉承的理念与意趣却始终如一，从未改变，或许这些也可以算得上是一种坚守吧。”① 常言道“十年磨一剑”，曾扬华则“二十年磨一剑”，此举足以证明他所说的“一种坚守”的确是始终如一，真可谓“功夫不负有心人”啊！此番功夫的值得称道之处可见拙著《红学学案》一书的评价：“笔者以为，《钗黛之辨》足以代表曾扬华红学批评之学术个性和特征，也是他对红学批评史的突出贡献。笔者赞同这样的评价，即‘从未有人将此论题作一个全面系统的考察与分析。因之，曾扬华先生的《钗黛之辨》一书，有首倡之功。’”② 为了更好地了解《钗黛之辨》“全面系统的考察与分析”的面貌，读者可从该书“目录”得出初步的直观的印象：

---

① 曾扬华：《澄明集》，东方出版中心 2017 年版，第 351 页。

② 高淮生：《红学学案》，新华出版社 2013 年版，第 165 页。

下编

第一章　世人齐说贾母“舍黛取钗”

第二章　贾母与林黛玉

第三章　贾母与薛宝钗

第四章　贾母与史湘云

第五章　贾母与王夫人

第六章　王熙凤该如何

第七章　扩展视野与破除障碍

第八章　“舍黛取钗”是后四十回的最大败笔

《钗黛之辨》以十五章的篇幅讨论红学第一大公案，这种架构乃此前所无，至今亦未有超越者。尤其上编第四章“钗黛之比较”要比其他各章更加周详，所列二十节名目如下：

一、美丽神话与“和尚说的”

二、“金玉”与“木石”

三、俗美与仙姿

四、见人与见物

五、“冷香”与体香

六、共读“西厢”与说“混账话”

七、多情与无情

八、恋爱与谋婚

九、应景与巴结

十、红麝串子与鹡鸰香串

十一、冷漠与真情

十二、铜臭与书香

十三、谲诈与憨厚

十四、结党与独善

十五、钗、黛与湘云

十六、袭人与晴雯

十七、莺儿与紫鹃

十八、扑蝶与葬花

十九、“上青云”与“飞到天尽头”

二十、“停机德”与“咏絮才”

由此二十节名目可见作者读书之细密，亦可见其辨析之周详。

记得2012年1月20日下午4时，笔者撰写的《辨红学公案、探红楼艺境：曾扬华的红学研究——当代学人的红学研究综论之八》一文定稿，随即电子邮箱发送给《河南教育学院学报》主编张燕萍女史，她是笔者所著《红学学案》一书中12篇文章的责编，《曾扬华的红学研究》一文是其中的一篇。曾扬华对这篇文章的读后感受是：“稍有一些不足之感是，文章三大部分，原说写三个问题，却主要集中在写《辨》一书上，而且还是在上篇，下篇我认为更具翻案性质的内容则基本未表达意见，但文章已很长了，亦难以兼顾也。”这一感受出自曾扬华2012年5月30日给笔者的来信，他对该文在交代其学术基本情况方面不够充分感到遗憾。这种情形在笔者撰著《红学学案》过程中并非仅见，笔者所立案撰述的学人（有过直接交流者）大抵都有对自己的著述“敝帚自珍”的意愿，彼一时刻他们首先考虑的并不是作者的学术史（红学史）立场。譬如说，如果《钗黛之辨》一书并不存在，那么，曾扬华所发表的红学成果显然不足以使他在当代红学史上占有一席之地，其在《红学学案》中得以立案的理由也就不够充分。不过，这种作者与被评述者彼此意愿的不一致并未切实地影响《红学学案》的撰述，除了笔者的学术史坚守之外，彼此之间往往能够达成基本共识：作者应当充分表达自己的观点，被评述者如有不同看法，可以与作者多作交流，增进互相了解，而不应影响作者的写作。因为，这毕竟是作者在写文章，如不能充分表达自己的观点，也就没有什么意义了。

曾扬华在《钗黛之辨》一书中充分运用道德批评和政治批评辨析钗黛优劣以及贾母“舍黛取钗”公案，这与他写文章所一贯秉承的理念与意趣密切相关的。他认为：“对《红楼梦》的各类问题，尝试运用不同的观点、方法进行不同侧面、层面的探讨，都是值得提倡的，但却不等于用任何观点、方法去探索任何问题都是适宜的。就《红楼梦》而言，恐怕还应该把握作家作品的特点，选择比较合适的观点和方法进行详析，方能得出尽可能符合它的实际的结论。本书对钗、黛所做的比较，基本上用的还是传统的那些‘俗套’方法。”① 其实，评论方法上的新与旧并非无关紧要，当然，最适宜的方法才是最有效的这一点是毫无疑义的。

笔者曾在《换一种眼光看红学——“学案体”红学史撰述述略》一文中说：“先说《红楼梦》人物论。从总体上看，十二学人的《红楼梦》人物论更为普遍地运用四种方法或模式：道德批评、政治批评、审美批评、文化批评等，尽管也还运用其他批评方法如心理批评、哲学批评、宗教批评等。其中道德批评、政治

① 曾扬华：《澄明集》，东方出版中心 2017 年版，第 288 – 289 页。

批评和文化批评姑且可称为社会学批评，审美批评可称为美学批评。从总体上看，他们的《红楼梦》人物论道德批评和政治批评运用得更加得心应手，而美学批评和文化批评尚留下很大的拓展空间。尤其道德批评和政治批评则主要是继承了小说评点派的传统，其中政治批评又受王昆仑《红楼梦人物论》和王朝闻《论凤姐》影响较大。”[①] 注重道德批评和政治批评是与中国古人对文学的最基本态度即“以文为用”的文学观相联系的，“以文为用”的文学观尤其注重文学的社会性、伦理性、政治性的一面。“以文为用”的文学态度是一种对文学采取的实用态度，尤其是对文学的教化作用和认识功能的强调，这种“尚用”的文学态度早在孔子那里就有经典的表述即“兴、观、群、怨”说。可以认为，曾扬华在《钗黛之辨》一书中所运用的道德批评和政治批评因其鲜明的实用性而在一定程度上局限了他对钗黛优劣以及贾母“舍黛取钗”公案的审视。正因为钗黛之争这一话题是一个极大的难题，如果审视的视角不够充分，那么，也就很难真正做到“博观圆照”。所以说，《钗黛之辨》一书对钗黛优劣以及贾母“舍黛取钗”公案的考察和辨析虽则比较系统却难以真正全面。

至于谈及王昆仑《红楼梦人物论》和王朝闻《论凤姐》的影响，至少可以从以下两方面理解：一则《红楼梦人物论》乃红学史上第一部《红楼梦》人物评论之著作，《论凤姐》乃红学史上第一部《红楼梦》主要且重要人物评论之著作，此类首创之例无疑对《钗黛之辨》有直接启发；二则《红楼梦人物论》以道德批

① 高淮生：《换一种眼光看红学——“学案体”红学史撰述述略》，《中国矿业大学学报》社科版，2003 年第 1 期。

评和政治批评为主的评论方法，《论凤姐》注重凤姐与《红楼梦》中各种人物之间联系的评论方法，《钗黛之辨》应该有所借鉴。笔者在此补充一则2011年8月30日曾扬华致笔者书信中的自述："该书虽重点在写钗、黛二人，但却涉及全书所有主要人物和故事情节。"这一自述表明由钗、黛二人联系《红楼梦》中主要人物的评论方法是曾扬华比较得意的做法，这一做法《论凤姐》已经充分运用了。当然，《钗黛之辨》受《红楼梦人物论》的直接影响更鲜明些。

当然，曾扬华虽受王朝闻《论凤姐》一书首开对单个人物进行全面系统专论这种表现方式的启发，但又稍不满足于《论凤姐》的内容较为分散、整体性与统一性略有欠缺的格局。他在集中性、整体性与统一性上更为用心，将三者结合得更好。可以说，曾扬华的贡献正在于把"钗黛优劣"之辨析系统化和细密化，并与全书的人物联系起来，显得更加充分而丰富、系统而深刻，其中不少的评论和阐述足以矫正时论之弊、避免夸夸其谈之惑。应该说，《钗黛之辨》为《红楼梦》人物论的进一步拓展树立起了又一种可取的典范。

王昆仑的《红楼梦人物论》出版于1948年，当时就有书评评价："《红楼梦人物论》是太愚（王昆仑笔名）先生的近著，是近年来少有的一部完整的文艺批评。……《红楼梦人物论》的确是一部很好的文艺批评，它创造了一种新的文艺批评的典型，它肃清了几十年来'红学家'们所争论的无聊的官司，纠正了读者对于

《红楼梦》种种错误的片断的见解，把它还原于文艺的领域。”[①] 另一篇书评作者是民国著名记者、编辑曹聚仁，他在《读〈红楼梦人物论〉》一文中说：“这真是一部迷人的好书，他引导我们进入曹雪芹的创作境中去。……太愚先生是一个文艺批评家，而不是一个历史考证家。他走的绝不是胡适、俞平伯的路，有如佛家禅宗直接释迦的心传的。”[②] 笔者受以上书评所作评价的启发，也给《钗黛之辨》说几句相对中肯的评价：这是近几十年来甚至更长时间以来少有的一部系统地对红学第一公案进行考评的红学著作，它一定程度上纠正了读者对这一红学公案的误解或误读。它既可为古代小说研究者尤其红学研究者的研究提供参考，又可作为初级读者进入红学领域的入门参考书。

值得一提的是：即便曾扬华在《钗黛之辨》中对钗、黛二人评价问题以及钗、黛婚姻、爱情悲剧所涉及相关人和事问题做了自己认为最周全的“辨析”，即便这一番“辨析”并不一定能够在读者那里达成广泛的共识，但这一“辨析”的成果不仅可以告慰作者，同时也可以为红学添彩了。正如曾扬华所说：“这是两个差不多要搅动全书的问题。”[③] 如果期望读者由此问题而对《红楼梦》全书做博观圆照显然是十分困难的，可以肯定地说，面对钗黛问题的争辩仍将看不到尽头。正所谓“一梦红楼二百年，纷纭众说迄未休。最是奇观钗黛辨，磨完嘴皮动拳头。”[④]

---

① 吕启祥、林东海：《红楼梦研究稀见资料汇编》（增订本），人民文学出版社 2006 年第 2 版，第 1318 – 1319 页。

② 吕启祥、林东海：《红楼梦研究稀见资料汇编》（增订本），人民文学出版社 2006 年第 2 版，第 1366 页。

③ 曾扬华：《澄明集》，东方出版中心 2017 年版，第 389 页。

④ 曾扬华：《澄明集》，东方出版中心 2017 年版，第 1 页。

最后说几句题外话：自有《红楼梦》脂砚斋评以来，各种各类的人物评论或考评文字可谓积案盈箱，数不胜数，若从批评史的角度来看，能够真正启迪读者或者增益红学之进步者远不能说已经蔚为大观了。脂评乃旧红学时期的典范，《红楼梦人物论》和《论凤姐》则堪称后旧红学时期的佳作，至于《红楼梦辨》则又别有洞天、别有意趣了。当然，以上三种人物论新路仍有待于继续延伸，如果继续延伸就需要做出新的面貌来。那么，此三种人物论新路之外是否还有更新的路可走呢？答案是肯定的。

第五章

“相对精善”的《红楼梦》评注本

——《蔡义江新评红楼梦》

蔡义江评注《蔡义江新评红楼梦》（以下简称《新评》）由龙门书局于2010年7月出版，据《新评》“前言”称：“此书所依据的版本文字与注释，是在1993年10月浙江文艺出版社初版《红楼梦校注》和2007年1月作家出版社重版《增评校注红楼梦》基础上，再经精心修订调整后形成的，其完善程度，比之于前两版来，又有极大的改进。”① 如此说来，《新评》本是一个精心校评的本子。周汝昌先生曾做如此评价：“红学名家蔡义江倾毕生心血集大成之作。持论最正，用情最深，评注最详尽，最遵从原著，到目前为止，这是我最喜欢的一个本子。”周汝昌先生的这段评语见《新评》封面题词，其意甚明，其情款款！

笔者2010年8月初参加在北京西山实创科技培训中心召开的“纪念中国红楼梦学会成立三十周年暨全国《红楼梦》学术研讨会”，会议休息期间，龙门书局的编辑于培训中心现场签售《蔡义江新评红楼梦》，于是，便购得一部蔡先生的签名本，并当即表示：“回去将认真拜读！”蔡先生则郑重其事地说：“我倒是期望能有人撰写批评文章！”笔者脱口而出：“学生愿为！”此后不久，《蔡义江的红学研究——当代学人的红学研究综论之一》一文刊发于《河南教育学院学报》2010年第6期，该文乃笔者彼时所做“当代学人的红学研究综论”课题的首篇，成为此后出版的

① 蔡义江：《蔡义江新评红楼梦》，龙门书局2010年版，第4页。

《红学学案》（新华出版社 2013 年 3 月版）这部红学史新著的首章。不过，这一承诺所催生出的《蔡义江的红学研究——当代学人的红学研究综论之一》一文并非一篇书评，为了兑现承诺，《“相对精善”的〈红楼梦〉评注本——〈蔡义江新评红楼梦〉》匆匆构思，前后正好时隔了 10 年的光阴。

倘若概观近几十年来的《红楼梦》校注本、校评本以及评点本，大抵或在学术价值方面，或在传播价值方面，或在“一家之言”个人著述价值方面各有长短，至于能将此三个方面很好地兼美者实在寥寥。《蔡义江新评红楼梦》便做到了三者很好地兼美了，这也是笔者时隔 10 年仍愿意为这部《新评》本写一篇书评文章的内在动因。

蔡义江著《追踪石头 2——蔡义江论红楼梦》由浙江文艺出版社于 2014 年出版，这部文集收录了两篇很有分量的书评，一篇是周汝昌撰写的《新版红楼定假真——简评蔡义江评注〈红楼梦〉》（发表于《人民日报》1994 年 10 月 8 日、15 日第八版），另一篇是杨传容撰写的《一种有特色的〈红楼梦〉新版本》（发表于《红楼》1996 年第 4 期，作者“杨传容”即“杨传镛”），两篇书评都很好地肯定了蔡义江于浙江文艺出版社出版的《红楼梦校注》。由于《蔡义江新评红楼梦》是《红楼梦校注》的精心修订本，这两篇书评显然有助于读者更充分地了解《新评》本的特色和价值，这是毫无疑问的。笔者曾撰写过一篇题为《当代〈红楼梦〉评点“四家评”综论之一——以周汝昌、冯其庸、蔡义江、王蒙为例》的文章，该文刊发于《中国矿业大学学报》（社会科学版）2011 年第 3 期。笔者称：“当代《红楼梦》评点其中影响最大的当属周汝昌、冯其庸、蔡义江、王蒙等‘四家评’，他们的评点成果不仅拓宽了《红楼梦》的研究视野和研究途径，逐步实现传统小说评点尤其《红楼梦》评点理论品格的自我提升，并且有益于当代文艺鉴赏学的建设。”① 笔者至今认为，“四家评”中能够很好地兼顾学术价值、传播价值以及“一家之言”个人著述价值者以《蔡义江新评红楼梦》为首选，谓予不信，读者诸君不妨通观当代《红楼梦》注评本之后再做月旦评可矣！

实话实说，若仅就传播价值而言，至今影响最大的莫过于中国艺术研究院红楼梦研究所校注的《红楼梦》校注本了。这个校注本于2008年7月出版了第3版，堪称当今海内外最流行的《红楼梦》普及本无疑。据《红楼梦》韩文译本译者崔溶澈教授说：“这个校注本《红楼梦》是以庚辰本为底本的，要比程高本更接近曹雪芹的本意，而且，这个校注本流行很广，影响很大，在韩国有很大影响。我们在海外的红学家只能利用中国红学专家或专门机构所做的版本来进行翻译而已，不太可能自己做出新的版本来加以翻译。”② 崔溶澈教授于2015年8月18日接受笔者访谈时所说的这番话颇具有代表性，由此可见红研所校注本的影响力之广泛，这个校注本的世界影响无疑是其他校注本难以企及的。笔者当时回应了崔教授的这番话：“您的说法我能理解，这就必然需要中国的红学专家或专门机构能够提供一种‘最精善’的校注本，不过，这只能是一种美好愿望。这是因为由于《红楼梦》版本的复杂性，能够提供‘相对精善’的校注本都很不容易了。美

① 高淮生：《当代〈红楼梦〉评点“四家评”综论之一——以周汝昌、冯其庸、蔡义江、王蒙为例》，《中国矿业大学学报》（社会科学版）2011年第3期。

② 高淮生：《红学丛稿新编》，知识产权出版社2017年版，第66页。

籍华人学者、历史学家、红学家唐德刚教授就曾说过，《红楼梦》是个无底洞，希望将来有大批专家通力合作，把各种版本集合在一起，来逐字逐句做过总校再做出最精辟的诠释来，那就是我们读者之福了。唐德刚教授的意见是很有代表性的，这的确需要大批专家通力合作来完成，不过，肯定不能一蹴而就。今天看来，再像红楼梦研究所校注本那样集合大批专家通力合作，似乎很难做到了，尽管这个校本并不是大家都满意的‘最精善’的校注本。”① 笔者与崔溶澈教授所谈的意见至今未变：由于《红楼梦》版本的复杂性，能够提供“相对精善”的校注本已经难得，而红研所校注本正是这样一个“相对精善”的校注本。至于唐德刚教授的意见至今则仍具有很大的参考价值，他的这个意见出自唐德刚著《史学与红学》一书中《曹雪芹的“文化冲突”——“以经解经”读〈红楼〉之一》一文注释（第243页），该书由广西师范大学出版社于2008年出版。

颇有意味的是，蔡义江是红研所校注本的参与者，但是，他并不满意这个流行很广的校注本，于是下决心独立完成一个比红研所校注本更加精善的校评本。蔡义江在《红楼梦答客问》一书中假借“客”之问：“根据脂评本整理出版的本子，你认为哪种最好？”如此回答道：

> 如果我说，不久前龙门书局出版的《蔡义江新评红楼梦》（原拟名《脂砚斋重评石头记批注》，后遵书局意见改）一书最好，它没有以庚辰本为底本校注的“先天不足”的毛病，且评注详尽，接近原著，最易阅读，等等。一定会有人

① 高淮生：《红学丛稿新编》，知识产权出版社2017年版，第66页。

骂："你这是'王婆卖瓜，自卖自夸'；我问你，难道已销售数百万册的某校注本反不如你，你这不是自吹自擂吗？"我很难辩说不是自夸。如果我不提自己的评注本，而另指某本最好，恐怕也会有人说："你这人说话就是不老实、不坦率。既然你以为某校注本比你的好，你又何必花那么多气力去另搞一套呢？这不是浪费精力和资源吗？"可见是违心的话，非由衷之言。我将也无言以答。所以这个问题最好是留给广大读者、研究者自己去阅读、比较、评说，我自己是不宜当裁判员而应避嫌的。①

由以上"答客问"可知，蔡义江之所以毅然决然地做成一部自己认为最满意的评注本，主要原因在于红研所校注本以庚辰本为底本这个"先天不足"的毛病无法更正。庚辰本是否的确"先天不足"呢？据蔡义江说："数月前，法国的陈庆浩兄来北大讲课，他邀请我前往。于是我们有聚谈、讨论的机会。他谈起庚辰本来，比我的评价还低，以为是一个相当糟糕的本子，不明白为什么有些人要以它为底本。他一语道破地说，以庚辰本为底本的校本，就是'先天不足'。"② 陈庆浩关于庚辰本的评价令蔡义江精神振奋，其实，这类意见不止陈庆浩一家之言而已，下文仍将举例谈及这个问话题。总之，蔡义江决计做成一部"更加精善"的《红楼梦》校注本所表现出的立场、自信以及勇力的确令笔者钦佩。

读者若问：为什么红研所校注本虽已销售数百万册竟不如这

---

① 蔡义江：《红楼梦答客问》，龙门书局 2013 年版，第 87 页。
② 蔡义江：《红楼梦答客问》，龙门书局 2013 年版，第 236－237 页。

部《新评》本呢？蔡义江如此回答：“目前，影响最大、销量最多的倒是以庚辰本为底本的校注本。这并不奇怪。我说过，国人多崇拜权威。这个校注本领头人是大牌专家，署名校注的是研究单位，出版的又是大牌出版社。它在众多出版的《红楼梦》本子中，占据了最重要的地位是必然的。参加该书校注的同志都是我的朋友，我很尊重他们出色的工作和劳绩。书有所不足，不是他们的责任。我只是以为以庚辰本为底本的决策欠妥、不科学，故提出了上述的一些看法。”[①] 在蔡义江看来，销售量多寡并非衡量一个校注本好坏的根本标准，影响最大、销量最多归根结底改变不了“决策欠妥”且“不科学”的事实。

其实，关于庚辰本“是一个相当糟糕的本子”之类的评价并非仅止于蔡义江以及他的二三同志。譬如台湾学者刘广定曾在《庚辰本〈石头记〉七十一至八十回之版本研究》一文说：“一般红学研究者多认为‘庚辰（北大）本’较他本为佳且可信。例如俞平伯先生1954年初写《读红楼梦随笔》时，曾比较‘庚辰（北大）本’与‘己卯本’第九回闹学堂后段，认为前者的‘改笔’写得好。冯其庸先生更以之为现存《红楼梦》抄本中最好的一种。但是在其影印本问世不久，苏雪林先生即于1960—1961年发表专文指出其中许多误谬不通的文句，因此认为曹雪芹‘只有歪才并无实学’，‘原本《红楼梦》只是一件并未成熟的文艺品’。此论虽嫌过激，然甚有启发意。惜她受了胡适之先生的影响，‘决定不写《红楼梦》的文章’。以致没做更深入的研究。‘庚辰（北大）本’大约是抄错处最多，但红学家研究也最多的

① 蔡义江：《红楼梦答客问》，龙门书局2013年版，第237页。

版本。笔者寡闻，似除苏雪林先生外少有指出或考究其中误谬原因者，甚多红学家常就此从事校勘、进行研究而无所疑。”[①]《庚辰本〈石头记〉七十一至八十回之版本研究》一文附有“结集后记”道：“本文之目的在证明‘庚辰本’是经多人过录而成，音误与形误字极多，且有近代人的改笔，不宜视为最接近‘原作’的‘真本’，但未推论到其他抄本。”[②] 刘广定的“笔者寡闻”是否属实呢？这个疑问并非本篇书评所必须考究的问题。刘广定所谓庚辰本“不宜视为最接近‘原作’的‘真本’”的断语耐人寻味，如果他的判断是成立的，正可以验证蔡义江重起炉灶校注新版《红楼梦》的方向的正确性。

既然以庚辰本为底本的做法“决策欠妥”且“不科学”，那么，可取的做法应该如何呢？杨传镛在《红楼梦版本辨源》一书中说：“不难想象，当乾隆年间《红楼梦》以抄本流传起，一直往后，其数量一定是很可观的，应以千万计。时至今日，已发现的只有11种，真应了‘存十一于千百’这句老话。由于传播链条失去了绝大部分的环节，要一一弄清楚各本畸变的原委，是很困难的，有一些问题的解决，还恐怕是根本不可能的；我们只能得其大概。而为了校订《红楼梦》，化脂本为普及本，有了这个‘大概’，也还是可以找出一个办法的。我的想法是，凡甲戌本存在的，都用作底本；甲戌本缺的，先用已卯本，乙卯本缺，再用庚辰本。不论哪个底本有欠缺之处，则汇集所有本子，从众，从善予以厘定，务求存真。这样做，是不得已的。不管你说它是

---

① 刘广定：《化外红楼》，大安出版社2006年版，第199－200页。

② 刘广定：《化外红楼》，大安出版社2006年版，第199－200页。

‘混合本’也罢，‘杂烩本’也罢，为了尽量存真，只有这样才能够以最佳的形态接近曹雪芹的原著。”[①] 杨传镛提出的“从善”以“存真”的校订思路与蔡义江所坚持的《红楼梦》校订原则有着显而易见的相通之处，这从《红楼梦答客问》一书中可见看出：“整理《红楼梦》的工作，与校订其他古籍有很大的不同。校订某集，通常选择一部最优（最早、最全或文字最可信）的版本为底本，再参以别本来校订。可是《红楼梦》由于它流传状况的特殊性，你找不出一部适合做底本的本子。所以我整理出一部最接近曹雪芹原意的《红楼梦》来，唯一的办法，只有遵循‘择善而从’的原则，将凡有长处的抄本的优点都集中起来。”[②] 杨传镛与蔡义江都赞同首选甲戌本为底本的做法，这是他们的最基本的共识，正是基于这一共识，杨传镛充分地褒扬了《蔡义江新评红楼梦》的前身即浙江文艺出版社出版的《红楼梦》校注本。他说：“理想的本子应该是兼具二者（笔者按：脂本和程高本两种）之长而去其短。也就是说，需要经过汇校，化脂本为普及本。然而，这工作并不是那么容易做得好的。首创这个工作的是俞平伯先生。50 年代末，他校订了一部《红楼梦八十回校本》。当时，因条件的限制，用了戚蓼生序本做底本；戚序本曾经人整订过，这就先天不足。80 年代初，中国艺术研究院红楼梦研究所完成一部新校注本，与俞本不同，前八十回的底本是庚辰本，比较起来，是前进了一大步；却因过分倚重庚辰本，也有不少偏颇的毛病。新近，我得读了一种新出的脂本普及本，此本由蔡义江先生

① 杨传镛：《红楼梦版本辨源》，北京图书馆出版社 2007 年版，第 184 页。

② 蔡义江：《红楼梦答客问》，龙门书局 2013 年版，第 235 页。

校注，浙江文艺出版社出版。读后以为，这是一部新颖、别致，特色鲜明的《红楼梦》新版本。……如果说，在化脂本为普及本的征途上，俞平伯先生开辟了道路，红研所又向前跨了大步的话，那么，蔡义江先生则是梳理了第三块里程碑。然而学如积薪，后来居上。我们相信，一定还会有更为完美的脂本普及本接踵而至。”[①] 杨传镛评价该本不仅“新颖”“别致”，而且“特色鲜明”，譬如该本注释方面简明扼要、别具机杼；融入大量脂批精华文字；诗词曲赋详解嘉惠读者。尤为难得的是，在杨传镛看来，蔡义江的《红楼梦》校注本“后来居上”而堪称“第三块里程碑”，此可见杨传镛的期许非常高了，这一期许实则基于蔡义江在“化脂本为普及本的征途上”走得更加稳妥的缘故。或者说，蔡义江提供了一个很好的“样板”，这个“样板”将召唤“更为完美的脂本普及本接踵而至”。

蔡义江在《红楼梦答客问》一书中谈及自己“择善而从”的校注过程时说：“我特地为能整理出一个较完整的《红楼梦》本子，以‘择善而从’的原则，作过三次努力：第一次是1993年在浙江文艺出版社出版的《红楼梦》校注本；第二次是2007年在作家出版社出版的《增评校注红楼梦》；第三次是2010年在龙门书局出版的《蔡义江新评红楼梦》。每一次都有较大的完善。其他出版的新校本，我比较欣赏的是刘世德的校注本（江苏古籍出版社）和郑庆山的《脂本汇校石头记》（作家出版社）。他们都很尊重甲戌本，是按‘择善而从’原则选择底本的。”[②] 蔡义江

① 蔡义江：《追踪石头2——蔡义江论红楼梦》，浙江文艺出版社2014年版，第87－89页。

② 蔡义江：《红楼梦答客问》，龙门书局2013年版，第237页。

选择“择善而从”原则自有他的考量，《新评》“前言”说：“关于版本文字，曾有一位熟知通常校订古籍惯例而对《红楼梦》版本形成的特殊情况缺乏了解的同志问我：你为什么不找一种最好的本子作底本，参其他本子来校订，而要用不固定一种本子为底本，用多种本子互校，择善而从的办法？这样你的本子岂不有点像‘百衲本’了？问得似乎很有道理，其实不然。我可以简单地把问题说清楚。正文文字最接近原作、最可信、因而也最好的本子是甲戌本。但它只存十六回，仅有所存八十回原作的五分之一；如果用它作底本，另外五分之四还得找其他本子（本书就是这样做）。那么，如果改用保存回数较多且也属早期抄本比如庚辰本（它只缺两回，存七十八回）为底本怎么样？问题立刻就出现了：庚辰本与甲戌本所存的十六回相比较，差异处就不少，且可看出异文都非作者自己的改笔而出自旁人之手，改坏改错的地方比比皆是。……我在《初版前言》中列举了不少例子，可以参看。这也就是本书不采用固定一种本子作底本的根本原因。”[①] 应该说，蔡义江“择善而从”的理据正是基于学术上的实事求是，显然容易被读者接受。这一“择善而从”的原则并非始于蔡义江，俞平伯最先倡导这一校注原则，至今已经深入人心了。

郑庆山在《红楼梦的版本及其校勘》一书“自序”中则说：“我们的目的是‘存真’，孰真孰假，如何抉择？通常的做法是‘择善’。广义的‘择善’，应有正误、是否通顺和优劣三层含义。起码要改错，正误可勿论。据校勘家的意见，务求通顺是不正确的，择善而从更不是普遍性的原则；惟有分真假，辨是非是根本

① 蔡义江：《蔡义江新评红楼梦》，龙门书局2010年版，第4-5页。

原则。作者当初的用字只有一个，他们说的透辟极了。所以我曾说过，'《红楼梦》版本是真伪文字的对立统一体，校勘工作只集中在一点：去伪存真。'在这个校勘的原则问题上，是有不同意见的。文学家们虽然也认为校点本应该接近作者原著，但是面向今日读者，甚至走向世界，起码要改得文从字顺；能改得语言优美，何乐而不为？改就要改好，广大读者应该也是这种意见。我也这样想过。红学家们也是两种意见：一种是力求曹雪芹原笔，包括书写用字，但实际做法则兼采各本，个别通用字则加以变通，不求绝对化；一种是用各自本子互参互校，择善而从，在不悖情理和文理的前提下，尽量保持曹雪芹原作面貌。其校勘实践，以采取甲戌、己卯、庚辰三本文字为主。有的还提出两个目的：一、尽可能接近曹雪芹本来面目。二、使它的文字情节能够比较的完善可读，可供相当范围的读者阅读。所以我觉得，大家还是把现存诸本异文和曹雪芹的五次增删联系起来了。"[①] 郑庆山强调"存真"原则的重要性，又出于"存真"原则尤其重视"三脂本"即甲戌、己卯、庚辰三种脂本。为什么特别要重视"三脂本"呢？他说："现在的问题是，可能有人根据校勘通则来否定这种新拼凑本，为什么不用完善的本子做底本呢？我的回答是完而不善故也。正是为了用甲戌本和己卯本做底本，我才另起炉灶的。此无他，存真原则决定的必然选择。退一步说，即使用了那些完整的本子，也还不都是'百衲本'？总之，底本可贵，但是难免讹误脱漏和妄改，不经整理校勘还是不易读。这就必须使用那些难得保存下来的其他抄本以至于刻本了。'三脂本'以外的

① 郑庆山：《红楼梦的版本及其校勘》，北京图书馆2002年版，第15－16页。

本子，虽然也都出于脂砚斋和畸笏叟的评点本，但都经过整理和修改，便只有做校本的资格。在诸校本中，首先应该引起重视的，是蒙、戚、杨、列四种抄本，因为它们基本上属于己卯本系统。”[①] 郑庆山重视“存真”，蔡义江重视“择善”，各自关注的侧重点虽有差异，但在选用甲戌本做底本这一点上是一致的。郑庆山强调“三脂本”的重要性，他坚持用甲戌本和己卯本做底本，这就与红研所的做法明显不同了，这一点正与蔡义江的立场不谋而合。其实，无论是“存真”优先，还是“择善”优先，甚或“存真”“择善”兼美，如果能够兼顾校勘通则与《红楼梦》版本的特殊性加以考量，并以校理出一个更加接近曹雪芹原著本子为目的，各种“相对精善”的校注本都可以尝试。并且，能够在学术价值方面、传播价值方面或在“一家之言”个人著述价值方面很好地兼美的校注本更值得格外关注。

据红研所校注本《红楼梦》三版序言称：“记得1973年校订开始之初，我们曾为选用底本，进行过热烈的争论，最后决定采用乾隆二十五年的庚辰本（指底本的年代）为底本，现在看来，当时的这个选择是正确的。广大读者和研究者接受和认可这个本子就是最好的证明。同时，对庚辰本的研究不断深入，而且1994年齐鲁书社又出版了同样以庚辰本为底本而又汇集脂评的校订本，到2006年，作家出版社又出版了一种庚辰本的校订本，这说明庚辰本的真正价值日益为学术界所认识了。我们作为首次大胆采用庚辰本为底本来校订《红楼梦》的学人，当如是欢迎的。……我们的校订本，距今已二十五年了，当时用了七年时间

① 郑庆山：《红楼梦的版本及其校勘》，北京图书馆2002年版，第609页。

才完成这项任务。现在有的同志同样采用庚辰本作底本，大量采用我们的校文，这足以说明当时对底本的选择和校订文字的斟酌去取，是经得起时间的考验的，也为后来的校订者起了铺路的作用。”① 由以上陈情可见，坚持以郑庆山所强调的“三脂本”之一的庚辰本作底本的校注者同样信誓旦旦地认为他们的方向是正确的，他们的做法也是毋庸置疑的，由此可见，倘若在《红楼梦》校注方面达成完全彻底的共识显然是不可能的。

总之，蔡义江因不满于红研所校注本底本选择的不明智而重起炉灶，殚精竭虑地做成了被周汝昌称誉的“我最喜欢的一个本子”，即《蔡义江新评红楼梦》。尽管这个《新评》本并非就是读者普遍接受的“最精善的本子”，却足以激发有志斯道者不断地精进，从而做出“更加精善”的《红楼梦》普及本，此乃读者之福无疑。

值得特别留意的是，周汝昌在《新版红楼定假真——简评蔡义江评注〈红楼梦〉》一文中对蔡义江的新版《红楼梦》校注本的表彰致敬令人羡慕。周汝昌说：“依我拙见，到目前为止，这是我最喜欢的一个本子，因此才敢向提问者推荐。……蔡校本的第一条好处，就是尽量考虑了各抄本的情况，在纷纭异文中，择其善者而从之，写为一个可读的清本。这给读者一个极大的便利，而又为了照顾读者的一般性阅读，还列出繁复的异文校字记。……另外，蔡本在异文校比选字上，也有他的独特见解，为避烦琐，不在这样简介中详列字例、句例。但我在此文中愿意强

① 中国艺术研究院红楼梦研究所校注：《红楼梦》，人民文学出版社 2008 年版，第 1－2 页。

调赞扬的，更在于蔡本的评注。我对此十分欣赏，认为这才更是此本最大的特色与贡献。评注有啥稀奇！有人会这么想、这么说，哪个本子没有助解？通行本上很多带注，而且还有不少专著，如《红楼梦小考》《红楼梦识小录》等书，何以蔡本又称可贵？诚然，二百年来，从乾隆末的周春，清末的杨懋建，直到当代，很多学者都曾为‘红注’下过苦功夫，收获成就很巨大。近年还加上了新出几种红学辞典，更是‘注学’兴荣。蔡注自然也要汲取已有的业绩，如何便算新奇？我说，问题不在于新奇与旧有。蔡教授不一定每条注都出自自创。但注释的事情，虽然需要学识广博，腹笥积富，但又不是仅仅靠这就能作出好注来的。清代的典章制度、风俗习尚、器用名色、语词礼数……蔡教授今之人也，未必在这些上面胜过往哲前贤，但他为今日之读者作注，却有他的一面胜处，即他的文化素养好，文学识力高，而不在于‘征文数典’的死知识、粗本领。说起这个问题，就不是一个一般性个别问题了，而是一个中华文化的根本性大问题。……文化小说，必须相当水平的‘文化注者’方能胜任于他的职责，蔡教授应是一个良例。他的注里，还包括校勘取舍的理由，今不详举。他的注最奇的乃又包括着他的评议批点。在这一项下，我深深感到他对脂批所透露的种种‘信息’的重视与破译。他对高鹗后四十回的文字内容的批评与批判，都是最为可贵的组成部分——也才是他的注文的最大特色。”① 周汝昌又在《新版红楼定假真——简评蔡义江评注〈红楼梦〉》一文文末加了两个注释，

① 蔡义江：《追踪石头2——蔡义江论红楼梦》，浙江文艺出版社2014年版，第82-85页。

其注一说："蔡本之出，胜于1982年本，值得欢迎者在于版本史上有历史意义。"① 周汝昌对蔡义江以及他的《红楼梦》校注本的"溢美之词"溢于言表，即便是完全基于学术立场的评价，仍不免因此受到某种的质疑甚至某种批评。

笔者曾在《红学学案》一书中这样概括蔡义江的红学研究特征：详于文本辨析，精于艺术鉴赏。这一概括显然可以用来评价他的《新评》本："'新评'的'新'，就在于能运用自由独立的思考'将自己想说的话说出来'，就在于充分尊重脂批，引入'有真知灼见、能开启思路的重要脂评'，以提升评红的学术价值。可以说，蔡义江的红学研究著作能够将'求真务实的治学态度、明辨慎思的探索精神以及平朴清浅的行文风格'很好地结合，能够充分彰显蔡义江的鲜明学术个性：详于文本辨析，精于艺术鉴赏；持论平易，烛隐探幽。"②

本文结束之际再说几句题外话：蔡义江曾在胥惠民著《拨开迷雾——对周汝昌〈红楼梦〉研究的再认识》(新疆青少年出版社2014年版)一书"序"中谈了一番他与周汝昌的交谊："新时期初，我与周汝昌先生曾有过一段交往，先是书信往来，后来也曾多次登门访谈。大概是因为我对《红楼梦》后四十回续书有许多批评，遂被看中，说了许多好话。我出版的几部书也得到他的推介，且赞誉有加。但我行事、治学自有原则，并不因人情而任意附和，作违心之论，比如我根本不相信他《红楼梦》续书是乾隆阴谋指派高鹗篡改的说法。自上世纪末期到本世纪以来，我们

① 蔡义江：《追踪石头2——蔡义江论红楼梦》，浙江文艺出版社2014年版，第86页。
② 高淮生：《红学学案》，新华出版社2013年版，第1页。

渐行渐远，终至断绝了交往。这主要原因还是‘道不同’而绝无个人恩怨。……周先生今已作古，但我国有长期受封建宗法等级制度统治的历史，权威高于真理，既然其生前已享有‘大师’‘泰斗’之名，红学上已被搅浑的水一时恐怕也难以澄清，唯有凭一贯坚持走正道的研究者持续不懈的努力。一些同志虽不与人争是非，却有着明确的坚持与取舍，正不容邪，继续批判歪风邪气，从事清污消毒工作，实更为必要。这些都是红学继续健康发展的希望。”[①] 蔡义江的以上陈述谈了他与周汝昌关心的前后期变化，周汝昌为蔡校本写推介文章以及蔡义江将周汝昌的评语置于《新评》封面应是前期，后期又是怎样的关系呢？可从蔡义江的《走红学健康之路——写在红楼梦学会成立三十周年之际》一文得知：“现在还有被捧得很高的人物，与上述大学者们可谓‘好丑非其类’；细加查看，便知名与实极不相符。记得张爱玲曾说过一句调侃话：所谓权威，其实就是有权利胡说八道的人。我姑效颦也作戏语新解曰：所谓泰斗，其实就是大畚斗。但愿少一点到处遗撕，少污染些红学的学术环境。”[②] 众所周知，周汝昌曾被一些人封为红学“泰斗”，蔡义江“大畚斗”的戏谑显然不利于“红学走健康之路”了，此一时期的周蔡关系严重地恶化了。

以上虽是题外话，却不能不说，说出来是希望读者不至于误解蔡义江对周汝昌态度前后不一致的真实情形。因为彼此之间表彰与被表彰是一回事，“道不同不相为谋”又是一回事，读者应明察其中原委，不必做无谓的索隐。值得一提的是，周汝昌对自

---

① 胥惠民：《拨开迷雾——对周汝昌〈红楼梦〉研究的再认识》，新疆青少年出版社 2014 年版，第 1－3 页。

② 蔡义江《追踪石头 2——蔡义江论红楼梦》浙江文艺出版社 2014 年版，第 192 页。

己的遭遇是有清醒认识的，譬如他在为乔福锦《石头记笺证》一书所作“序言”中曾说：“若干年来，中青年学友有著述问世，前来索序的不少，我都欣然命笔。近来友人诤言：序少写吧，免得人家借此批评攻击。确实是，早先的，为韩进廉，近年的，为王国华，作了拙序，都引起了‘麻烦’，好像我是犯了‘错误’。索序者再来，我先‘警告’说，我作了序会‘害’了你——我自己挨批是不足为奇的了。今对福锦，也是如此。”① 显然，周汝昌的“警告”或者“忠告”并不能令福锦却步，他终于将周汝昌的序言置于2020年知识产权出版社出版的“红楼四书”（包括《石头记笺证》《石头记版本考辨》《红楼梦之精神世界》《红学通论》）的首页了。

① 乔福锦：《石头记笺证》，知识产权出版社2020年版，第3页。

第六章

红学世界的整体观照

——乔福锦著“红学四书”

常言道：学如积薪，后来居上。新旧红学二百多年了，研读《红楼梦》、研讨红学的文字不计其数，正所谓“烈火烹油，鲜花着锦”，其景况至今尤盛。据笔者所知，张毕来所著《漫说红楼》《红楼佛影》《贾府书声》《红学刍言》四种曾被称作“红学四书”，刘再复所著《红楼梦悟》《共悟红楼》《红楼人三十种解读》《红楼哲学笔记》四种则称作“红楼四书”，今又见乔福锦所著《石头记笺证》《石头记版本考辨》《红楼梦之精神世界》《红学通论》四种依旧称作“红学四书”，这种情形颇可玩味。其实，“四书”之名由来已久，自朱熹将《大学》《中庸》《论语》《孟子》合为“四书”并加以注解，“四书”二字既神而圣之且家喻户晓。不过，张毕来、刘再复是否有此“四书五经”联想不得而知，乔福锦无疑有过这方面的联想，他在《石头记笺证》自序中说：“以‘四书’形式出版我自己的红学书稿，既非原初设想，也无统一规划。虽有过几部书稿以丛书形式集中出版的想法，从未奢想过以‘四书’之名义公开问世，因为传统意义上之‘四书’，曾是整个华夏民族文化与学术之经典的代称。四部书稿集中出版，是多种因缘聚合的结果。今日看来，四部书之间的确存在逻辑联系，但撰写过程却充满偶然性。直到以‘红学四书’出版之事定下，自己才意识到，红学四稿涵盖了文献梳理、文本笺证、精神阐发、学科通论等方面内容，或许已经形成一个体系，构成一个个体所能观察与理解的‘红学世界’。四部红学书稿中大部分文字，虽是多年之前的不成熟之作，其中却寄托着自己至今仍存的学术理想。”① 乔福锦在“红学四书”结集出版之前尚未清楚地意识到“四书”之名与这四部著作之间的关联，一旦“四书”之名确定，则自然联想起传统意义上的“四书”的经典价值了。当然，他绝不至于以“经典”自诩“红学四书”，即便抱有“虽不能至而心向往之”的诚敬态度，那又何尝不可呢？笔者以为，以“红学四书”而建构如此完整之红学体系，实在令红学中人心生向往之意。乔福锦曾提出过的红学百年“五代学人”之说，可以毫不掩饰地说，如此“五代学人”果能建构如此宏大完整之红学体系者并非多见。乔福锦“红学四书”出版之前，周氏红学（周汝昌建构“红学四学”并倡导“中华文化之学”）因其体系完整显然影响最大，在某方面自成体系者也不乏其人，红学之盛显然与此有关。笔者曾在《“‘周汝昌与现代红学’专题座谈会”综述》一文中说：“红学今后的百年，看看能否诞生更有活力的多种体系来，这才是红学发展的命门。体系与体系的比武，总比观点与观点的论争，更有学术高度和境界。所以，我们倡导大家都励精图治，建立起自己的体系来。”② 当然，乔福锦所建构的宏大体系是否成立？得失如何？是耶非耶？无疑有待时日以甄别评价。

“红学四书”总字数约 140 万字，称它为“皇皇巨著”应是名副其实了。那么，如此体系性颇严谨的“皇皇巨著”究竟该如何阅读理解呢？笔者特此推荐一篇“导读”文章即《河南教育学

---

① 乔福锦：《石头记笺证》，知识产权出版社 2020 年版，第 1－3 页。
② 高淮生：《红学丛稿新编》，知识产权出版社 2017 年版，第 115 页。

院学报》2018年第6期刊发的《为了中华人文学术的当代重建——乔福锦教授红学访谈录》（署名乔福锦、周军伟）一文，方便读者参考。据《为了中华人文学术的当代重建——乔福锦教授红学访谈录》一文可知："红学四书"大部分是作者多年之前的旧稿。实际写作过程并未按照正常逻辑次序即文献清理、文本研究、文化阐释、学理反思的顺序撰写。其中《石头记笺证》主体稿与《红楼梦之精神世界》全稿，成于20世纪90年代后期；《石头记版本考辨》一书于1999年冬属稿，2006年冬初步完成，近年又有部分增订；《红学通论》一书时间跨度较大，多数稿件成于世纪之交，个别文稿如《五代学人与百年红学》一章近期撰成。四书的排列以形成时间先后为序，同时兼顾内在学术联系。《石头记笺证》在先，《石头记版本考辨》其次，《红楼梦之精神世界》再次，《红学通论》在后。至于排列顺序及类别划分，竟与"四库全书"之经、史、子、集对应则纯属巧合。在笔者看来，"红学四书"虽非新著，却对转型期的红学研究具有积极的参考价值。

总之，四部书稿以颇具"创见性"而引人注目，作者本着"大胆假设，小心求证"的原则，建构起个性鲜明而独特的红学体系。正如周汝昌为《石头记笺证》所作"序言"中说："在我目中所见，当代中青年人士之群贤内，福锦的苦学力学，实为罕见。他是把红学尊为经学的第一个倡议者。……他深信红学即经学之说，真实不虚——他比前人大大进了一级：前人不过是比喻，他是体性相同论，二者相等。这种观点，以往并无前例，是他的创见。这一观点，能否为学术界接受认同？因为是全新之说，需待本书问世之后一个相当时期内，方能出现不同的反响反应。这一点并非作序者个人所能预测。我所应当特别表明的则是以下两点：第一，学术研究贵有胆量提出新见解，必如此，方能推动学术的发展，即使不能成立，也会发生一种积极的作用。第二，学术研究需要‘多元化’——‘一言堂’必然停滞、萎缩、倒退；‘多元’方有竞争，有比较，有比赛，谁能服人，谁获胜利，这不由某一人一家垄断。这不是说不要批评切磋，不同的意见永远应以有理有据的学术对话为之，这是常识，无待多言。……撰序不是‘吹嘘’，更非‘一致认为’那一套庸俗作法；序者是提端引绪，启发读者，让我们共同思索中华文化、中华学术的各种课题，看看其间有无意义，如何对待第一次提出的新论点。本书的论证观点容待学界公议，我不喜欢以己见判人家的是非短长。”① 周汝昌以上评价是深入理解“红学四书”的重要参考，他是第一位认真评价乔福锦其人和其书（“红学四书”中的《石头记笺证》）的红学大家，值得读者关注。

以下具体地说一说“红学四书”的新见究竟体现在何处：《石头记笺证》一书的新见在于提出本于脂批的“反面《春秋》”说，即曹雪芹实则借《红楼梦》（或称《石头记》）“写经著史”，彻底颠覆了“《红楼梦》是一部小说”的观念，周汝昌所谓“他是把红学尊为经学的第一个倡议者”的评价由此而来；《红学通论》一书的新见在于全面系统地对红学学科的合理性作了正面的论证，即从学科成立之依据、学科存在之格局、学科重建之工程三个方面来认识与理解红学学科，由此得出结论：红学这门学科已同时具备了现代学科意义上的文学、史学、文化学三种学术品

① 乔福锦：《石头记笺证》，知识产权出版社 2020 年版，第 1－3 页。

格。《石头记版本考辨》一书的新见在于提出独具“一家之言”的版本演变“三阶段”说即《石头记》→《红楼梦》→《脂砚斋重评石头记》三阶段版本演变顺序，是对胡适既定的《脂砚斋重评石头记》→《石头记》→《红楼梦》版本体系的根本上的解构，这一解构极具启示性。《红楼梦之精神世界》一书的新见在于从天地、人生、家国、理想等层面对红楼精神文化蕴涵做了系统反思，以及对“红楼经书说”“红楼梦文化说”的进一步悟读与释解。以上各种新说由于都是在中华人文学术内在学理脉络把握的基础上提出的，因而显得切实而非浮泛、本色而非时尚。并且，这“四书”传达出十分鲜明的“经世致用”的旨趣，这与作者深厚的史学修养以及根深蒂固的文化续命意识密切相关，作者的“压在纸背的心情”即当代学者的人间情怀尤为深广。因此，笔者对于作者在“红学四书”中提出的各种新观点完全能够会意，尽管并不完全接纳其中的某种新见。笔者以为，读者若“知音会赏”其中的某种新见，总是可以探得其中胜义之处的。

笔者首先推荐读者关注《石头记版本考辨》一书，若从红楼文献学、红学学术史、红学学科三者的顺序上来看，这部《考辨》的学术奠基意义显而易见，当然也是红学体系建构的“红学四书”的奠基之作。现将《石头记版本考辨》一书目录抄录如下：

2. 戚沪本

3. 庚辰本

4. 己卯本

5. 梦觉本

6. 蒙府本

7. 列藏本

8. 戚宁本

9. 师庚本

10. 庚寅本

（二）删批本

1. 郑藏本

2. 舒序本

3. 杨藏本

4. 眉盦本

（三）辑佚本

1. 吴藏本

2. 午厂本

3. 靖藏本

4. 夕葵本

5. 痴旧本

6. 四评本

7. 试魁本

8. 摘艳本

9. 三评本

二、百廿回“全璧”本

（一）“全抄”本

1. 籀红本

2. 杨配本

3. 蒙配本

4. 吉晖本

5. 戬抄本

6. 草堂本

7. 补拙本

8. 师彩本

（二）早期刊印本

1. 程甲本

2. 程乙本

3. 东观本

第二章　版本演变的三个阶段

一、胡适版本体系之建立

（一）《红楼梦考证》问世与版本真伪考辨

（二）甲戌本之发现与胡适版本体系的初步建立

（三）徐星署藏庚辰本之发现与胡适体系的巩固

二、胡适版本体系之内在矛盾、新说之衍生及其后续影响

（一）胡适体系之内在矛盾

1. 甲戌本与众本之间的矛盾

2. “庚辰定本”与甲戌本之间的矛盾

3. “庚辰定本”与戚蒙本之间的矛盾

（二）为解释矛盾现象而衍生的新说

1. 甲戌本与己卯—庚辰本“两系”说

2. 甲戌本、庚辰本、戚蒙本“三大系统”说

3. 甲戌、杨藏、舒序、梦觉“四种类型”说

4.《石头记》与《红楼梦》“两支”说

5. 作者、畸笏及后之收藏者“陆续抽改”说

6.“脂改”说

7.“畸改”说

8.“过录”“晚改”说

（三）胡适版本说的后续影响

1.“程前脂后”说对胡适版本体系的全盘否定

2. 版本鉴定之困难

3. 文献校勘之失据

三、版本演变之三个阶段

（一）版本演变的三个阶段

1. 五名并存

2.《石头记》是其“本名”

3.《石头记》—《红楼梦》—《脂砚斋重评石头记》

（二）现存八十回本之三阶段特征

1. 款式

2. 凡例

3. 正文

4. 批语

（三）“己卯”“庚辰”本之重新定位

1. 与列藏本同源

3. 批语

（二）庚寅、师庚本

1. 庚寅本之文献定性

2. 师庚本之文献定性

（三）列藏及试魁、靖藏本与己卯—庚辰本

1. 题名

2. 回目

3. 正文

4. 双行批注

5. 过录批语

6. 试魁本之文献定性

7. 靖藏本之文献定性

（四）庚寅、师庚、列藏本、试魁、靖藏、己卯、庚辰本之先后

1. 庚寅、师庚本先后

2. 列藏本、试魁、靖藏本先后

3. 庚寅、师庚、列藏本、试魁、靖藏、己卯、庚辰本先后

三、前八十回删批通行本

（一）前八十回删批通行本

1. 题曰《红楼梦》

2. 存前八十回

3. 删除批语

4. 删改回目

5. 删改正文

（一）庚寅本

1. 底本文字

2. 补配文字

3. 过录批语

4. 后人批注

（二）师庚本

1. 底本文字

2. 补配文字

3. 过录批语

4. 后人批注

（三）列藏本

1. 底本文字

2. 补配文字

3. 后人批注

（四）试魁本

（五）夕葵本

（六）靖藏本

1. 底本文字

2. 补配文字

3. 过录批语

（七）己卯本

1. 底本文字

2. 补配文字

3. 过录批语

4. 据他本校改文字

5. 后人批注

（八）庚辰本

1. 底本文字

2. 补配文字

3. 过录批语

4. 后人批注

三、舒序、郑藏、痴旧、杨藏、眉盦本

（一）舒序本

1. 序言之说明

2. 底本文字

3. 补配文字

（二）郑藏本

1. 底本文字

2. 补配文字

（三）痴旧本

1. 底本文字

2. 补配文字

（四）杨藏本

1. 底本文字

2. 补配文字

3. 后四十回补配

4. 过录批语

5. 后人批注

（五）眉盦本

四、梦觉本

（一）底本文字

（二）补配文字

（三）后人批注

五、甲戌本

1. 底本文字

2. 过录批语

3. 后人批注

六、三评本、四评本

（一）三评本

（二）四评本

1. 甲戌本所存评语

2. 己卯本所存评语

3. 庚辰本所存评语

4. 师庚本所存评语

5. 靖藏本所存评语

6. 庚寅本所存评语

7. 夕葵本所存评语

七、百廿回"全抄本"

（一）补拙本

（二）戬抄本

（三）籀红本

（四）吉晖本

1. 底本文字

2. 补配文字

3. 续书文字

（十六）杨继振见本

（十七）洪秋藩闻见本

（十八）董康母亲见本

（十九）宗稷辰藏本

（二十）齐如山见本

（二十一）傅钟麟闻见本

（二十二）吴菘圃藏本

（二十三）姜亮夫见本

（二十四）明义见本

结　论

附编一：

一、《犬窝谭红》所记《石头记》残抄本考辨

二、“风月宝鉴”观照下的靖藏本

三、北师大藏《石头记》旧抄本考辨札记

四、师大本考论札记三则

五、眉盦原藏《红楼梦》旧抄本考辨札记

六、《石头记》庚寅本考辨

七、脂砚斋《石头记》“三评”辑校

八、脂砚斋《石头记》“四评”辑校

九、《石头记》“复原”佚稿大事纪年

十、上海图书馆藏吉晖堂百廿回《红楼梦》旧抄本考述

十一、上海图书馆藏吉晖堂百廿回《红楼梦》旧抄本文献价值

十二、《红楼梦》百廿回“全抄本”考辨

由《石头记版本考辨》一书目录可见，乔福锦“为学术而学术”的功夫如此之扎实，足令笔者向往，至于是否也令读者向往则不得而知。由此亦可知，周汝昌所谓“在我目中所见，当代中青年人士之群贤内，福锦的苦学力学，实为罕见”的评价并非客气话，“五代学人”中有如此“苦学力学”者虽不乏其人，而获此“罕见”之功者并非多见（至少在《红楼梦》版本文献方面）。问题在于乔福锦的“苦学力学”并非仅仅限于红学，譬如他所倡导并精研的“太行学”，现已成为与敦煌学、徽学并列的一门专学，他立意将乡村文献整理与民间社会重建结合起来考量。（笔者按：关于“太行学”的创见经过可参见《太行文书、太行文化与太行学——乔福锦教授访谈录》一文，载《河北师范大学学报》2014 年第 4 期。）若仅仅从乔福锦所“苦学力学”的红学这一学科来看，红学中人着实能够将红楼文献、红学史、红楼文化以及红学学科通论作如此“通观”考察者实在并不多见。总之，无论是“太行学”的“乡村文献整理与民间社会重建结合起来考量”，还是红学的“红楼文献、红学史、红楼文化以及红学学科通论通观考察”，都表明作者这样一个基本旨趣即追求

“为学术而学术”与“保持人间情怀”的“兼美”，或者说，作者在“为学术而学术”方面如此刻苦努力的最后归宿正是他一直向往的“保持人间情怀”。“为学术而学术”只是一个过程，“保持人间情怀”则是不变的信念。至于是否真正地做到了“兼美”，这最终的定评既非出于他个人的期许，亦非出于学界时贤的当下月旦，既然学术百年后论升降，毫无成见地臧否则必须该由后世论评。笔者认同陈平原在《学者的人间情怀》一文中的说法：“我常想的是，选择‘述学’的知识者，如何既保持其人间情怀，又发挥其专业特长。我的想法说来很简单，首先是为学术而学术，其次是保持人间情怀——前者是学者风范，后者是学人（从事学术研究的公民）本色。两者并行不悖，又不能互相混淆。”[①]乔福锦在保持“学者风范”与“学人本色”方面的确可圈可点，其丰硕的成果和可观的业绩即使短期内难以获得更多的认同，若假以时日必将赢得不俗的口碑。在笔者看来，乔福锦实乃“五代学人”中之学术个性尤其突出鲜明者，足以凭借“红学四书”而获得立案考评的机遇。

显而易见，《石头记版本考辨》一书对于关心和喜好版本文献的读者来说的确是一个福音，该书因考辨之全、系统性之明晰、创见性之可观、启示性之鲜明使其在《石头记》版本研究方面的博观圆照明显地超出了此前的同类著述，譬如魏绍昌的《红楼梦版本小考》（中国社会科学出版社 1982 年版）、郑庆山的《红楼梦的版本及其校勘》（北京图书馆出版社 2002 年版）以及郑庆山的《红楼梦的版本及其校勘续篇》（北京图书馆出版社

① 陈平原：《压在纸背的心情》，复旦大学出版社 2011 年版，第 79 页。

2006年版)、杨传镛的《红楼梦版本辨源》(北京图书馆出版社2006年版)、林冠夫的《红楼梦版本论》(文化艺术出版社2007年版)、刘世德的《红楼梦版本探微》(华东师范大学出版社2003年版),等等。据作者说,该书可以从根本上解决《石头记》版本的基本矛盾,理顺现存版本的传承顺序,有助于改善具体版本研究的困境,更详细的内容可参看《石头记版本考辨》一书"导语"。笔者特此提醒读者:《石头记版本考辨》一书与《石头记笺证》《红楼梦之精神世界》《红学通论》这三种有密切关联,如果能够将以上四种联系起来阅读,最大的好处在于不仅可以真正地理解《石头记版本考辨》一书的作意或旨趣,同时还可以全面地理解"四书"的作意或旨趣尤其作者的精神旨趣。因为,《石头记版本考辨》一书虽是"考辨"之书却颇有深意,这一点令笔者想起葛兆光评价陈寅恪的一段话:"很多人都误以为陈先生只讲考据,注重资料,其实陈先生的考据,其课题的选择常常是有深意的。"[①] 笔者以为,《石头记版本考辨》一书的深意显然是与《石头记笺证》《红楼梦之精神世界》《红学通论》这三种密切联系着的。

记得2011年6月26日,江西庐山召开北京曹雪芹学会第一次年会期间,笔者与乔福锦兄相谈甚欢。他盛赞我的"综论"(即"红学学案")工作是一件大好事,并主动承诺如果书稿出版即刻撰写一篇评介文章,笔者当时很是感动。2013年2月,《红学学案》由新华出版社出版,乔福锦兄以《学科重建与学术转型时代的"建档归宗"之作——高淮生教授〈红学学案〉读后感》

---

① 葛兆光:《余音》,广西师范大学出版社2016年版,第116页。

为题撰成了评介文章，刊发于《河南教育学院学报》2013 年第 3 期。在这篇文章中，他谈及“五代学人”之说：“十多年前在天津的一次学术报告结束语中我曾说过，20 世纪的百年红学史，从时代文化背景、学科发展进程与学人责任使命三个维度综合而观，实由五代人的历史所组成。……五代学人使命各有不同，然薪尽火传，文化慧命不绝如缕。其中，中年一代即第四代学人，自当下看责任最为重大。在‘考镜源流’的同时‘辨章学术’，在‘拨乱反正’的基础上纠正百年来因西方而造成的‘文本误读’，从历史与文化、学术与思想还原的角度切入探寻《红楼梦》之‘本事’‘本义’与‘红学’之学科本质，从而完成文化自觉、学术自主基础之上一门固有之学学科理论乃至学科体系的本土重建，进而为以经学为主体的中华传统人文学术的当代重建提供一宗案例，是这一学人的责任与使命。作为中年一代红学家中的年轻者，淮生兄通过《红学学案》一书的撰著与历史经验及教训的总结，已然为百年红学案卷的‘建档归宗’开创出先例，从而为学科重建与学术转型时代的红学研究积聚起学术能量。相信所有关心红学未来且对中华人文学术重建与华夏民族文化复兴怀抱希望的学人，都会为这部红学史新著的出版而感到欣慰！从 20 世纪初年现代学科奠基开始写起，海内外红学家尽收眼底，做成‘全宗’型学案，是下一步的工作。淮生兄正在重新思考与陆续展开之中，同样值得学界期待！”[①] 乔福锦兄将笔者归为“第四代学人”，且对《红学学案》评价很高，至今令笔者感动！

① 乔福锦：《学科重建与学术转型时代的“建档归宗”之作——高淮生教授〈红学学案〉读后感》，《河南教育学院学报》2013 年第 3 期。

“投之以木桃，报之以琼瑶。匪报也，永以为好也!”乔福锦兄的“红学四书”出版了，当然应该撰写一篇“书评”以报知遇之情。

笔者最后想说的是：“红学四书”虽称之“皇皇巨著”仍不能完全尽意，仍应该再掂出一个词来才能说得尽，即“厚重”。作者是一位本色纯粹的书生，作为学者的他又怀有深广的文化续命的使命感，他的近乎迂执的文化信念竟使他与“第四代学人”颇有些违和感了。不过，笔者与他交往多年、合作多年则感到颇为亲切和适意。

第七章

悟证红楼为哪般

——刘再复著“红楼四书”

刘再复著“红楼四书”是由生活·读书·新知三联书店陆续出版的四部评论《红楼梦》的著作的合称，其中《红楼梦悟》于2006年10月出版，《共悟红楼》于2009年1月出版，《红楼哲学笔记》于2009年7月出版，《红楼人三十种解读》于2009年7月出版。笔者10年前的阅读感受是：真过瘾！刘再复在“红楼四书”中将他自己阅读《红楼梦》过程中所触发的哲思和感悟发挥得淋漓尽致，甚至不免给读者有些夸夸其谈的印象了。无独有偶，“红楼四书”之前曾有一部谈红之书即《历史文化的全息图像——论〈红楼梦〉》也是带给笔者同样的阅读感受。今天若再比较“全息图像”与“红楼四书”留给笔者的印象，直言不讳地说，“全息图像”似乎比不上“红楼四书”那般鲜活、那么充盈吧！记得《历史文化的全息图像——论〈红楼梦〉》一书作者李劼在“后记”中说过一句很有意境的话：“写完这部书稿，好比在天空中完成了一次飞翔。”[①] 读者若稍加留意，同样可以在《红楼梦悟》“小引”中看到一句很有意境的话：“带着《红楼梦》浪迹天涯。”[②] 总之，这两位作者在评论《红楼梦》的过程中充分地燃烧着他们的诗情诗性以及满腔激情，这就使他们的评论更容易感染读者了。

---

① 李劼：《历史文化的全息图像——论〈红楼梦〉》，东方出版中心1995年版，第312页。

② 刘再复：《红楼梦悟》，生活·读书·新知三联书店2006年版，第3页。

笔者早年曾撰写过一篇题为《横看成岭侧成峰：〈红楼梦〉悲剧精神阐释的视角与维度——由舒芜、王蒙、刘再复的说梦悟梦谈起》（笔者按：原文“纬度”今改成“维度”）的文章，这篇文章刊发于《广西大学学报》2008年第3期，文章将舒芜《红楼说梦》（旧版题名《说梦录》）、王蒙《红楼启示录》、刘再复《红楼梦悟》等几部谈红之书做了比较讨论，集中谈论他们对于《红楼梦》悲剧精神这一话题阐释的基本情况。文章中有这样一段话：“舒芜、王蒙、刘再复的说梦悟梦能够切实地揭示《红楼梦》悲剧精神的某种关键之处，且使人获得某种启发，取得了毋庸置疑的《红楼梦》批评话语的理想效果。舒芜的《红楼梦》评论‘文字背后闪耀着五四新文化的意识的光辉’。王蒙的《红楼梦》评论更注重人生体验与经验，更具有作家意识也即作家眼光、作家情怀。刘再复的《红楼梦》评论尤其注重曹雪芹的哲学观与渗透于《红楼梦》文本中的生命哲学意蕴。他们通过对《红楼梦》的悲剧精神的感悟与阐释，离《红楼梦》更近，离曹雪芹更近。可以说，不仅《红楼梦》需要不断地领会与阐释，舒芜、王蒙、刘再复的《红楼说梦》《红楼启示录》《红楼梦悟》同样需要领会与阐释。”① 笔者至今认为这段评论基本上把握了他们各自阐释《红楼梦》悲剧精神的关键之处，他们的阐释无疑对《红楼梦》读者在理解这一问题方面具有显而易见的启发意义。或者说，他们的阐释丰富了自王国维“悲剧之悲剧”之评价以来关于《红楼梦》悲剧精神理解的内涵。

① 高淮生：《横看成岭侧成峰：〈红楼梦〉悲剧精神阐释的视角与纬度——由舒芜、王蒙、刘再复的说梦悟梦谈起》，《广西大学学报》2008年第3期。

刘再复的“红楼四书”归根结底在于回应俞平伯晚年的“多从文学、哲学着眼”的倡导，这一撰述动机是值得肯定的。他在《红楼哲学笔记》一书“‘红楼四书’序”中说：“《红楼梦》的情思浩如烟海，有待一代一代读者去感悟，而悟证又有益于《红楼梦》研究回归文学。期待‘红楼归位’，自然是有感而发。20世纪红学兴旺，但也发生一个文学在红学中往往缺席的问题。以意识形态判断取代文学研究且不说，上世纪一些具有代表性的红学家，固然有王国维、鲁迅、聂绀弩、舒芜等拥抱文学的学人。但无论索隐派、考证派、新证派都忽略了文学本身，所以才有俞平伯先生晚年‘多从文学、哲学着眼’的呼唤。蔡元培是我最为敬爱的知识分子领袖人物，但以他的名字为符号的‘索隐’研究，却把《红楼梦》的无限自由时空狭隘化为一个朝代的有限时空，尽管其经世致用、以评红服务于反满的目的可以理解，但其结果毕竟远离了文学。在考证上开山辟岭的胡适，其功不可没，没有他的努力，我们可能还不知道我国伟大的小说，其作者叫作曹雪芹，也不知道《红楼梦》大体上是作者的自叙传，作品的故事框架与曹雪芹的人生家世大致相合。可是，胡适作为一个‘历史癖’，却不会欣赏《红楼梦》的辉煌星空，他竟然认为‘《红楼梦》比不上《儒林外史》；在文学技术上，《红楼梦》比不上《海上花列传》，也比不上《老残游记》’。他甚至认同苏雪林的论断：‘原本《红楼梦》也只是一件未成熟的文艺作品’（1960年11月20日致苏雪林的信，引自《胡适论红学》，安徽教育出版社2006年版，第267页）。胡适这种看法十分古怪，他断定《红楼梦》‘未成熟’，恰恰暴露了自己文学见解的幼稚。鲁迅说：‘博识家的话多浅，专门家的话多悖。’（《且介亭杂文二集·名人和名言》）专门家胡适倒应了鲁迅‘多悖’的评价。把胡适的考证推向更深广也更见功夫的周汝昌先生给我们提供了非常丰富的曹氏家族沧桑的背景材料，使我们在阅读文本时更明白曹雪芹在处理‘真事隐’与‘假语村’两者关系时费了怎样惊人的功夫（这可能是世界文学史上独一无二的个案）。周先生的《红楼梦新证》成了20世纪红学的一个里程碑，可是，周先生竟然把对《红楼梦》的文学批评、文学鉴赏排除在‘红学’之外，把红学限定在曹氏家世的考证和遗稿的探佚之中，这又一次使红学远离了文学。俞平伯先生早期也错误地认为‘《红楼梦》在世界文学中底位置是不高的’‘应列第二等’（《红楼梦辨·红楼梦底风格》）。后来他做了修正，认为可列‘第一等’。可是，在1980年5月26日的国际研讨会上他却说：‘我早年的《红楼梦辨》对此书评价并不太高，甚至偏低了，原是错误的，却亦很少引人注意。不久我也放弃前说，走到拥曹迷红的队伍里了，应当说是有些可惜了。’（见王湜华编《红楼心解》，陕西师范大学出版社，2005年，第276－277页）连俞平伯先生也未能理直气壮地肯定《红楼梦》为世界一流一等作品，勉强肯定之后又发生摇摆，这不能不令人感到困惑。不过，前贤的努力毕竟为我们提供了再思索的前提，即使偏颇也提供给我们再创造的可能，无论从哪一个角度上说，我们都应铭记前人的功劳与足迹。说要把《红楼梦》研究从历史学、考古学拉回文学，这只是我个人的意愿，并没‘扭转乾坤’‘改造研究世界’的妄念。”[①] 刘再复以上陈述中谈及诸多方面的话题，值得一一解读，或许可以帮助读者更好地阅

① 刘再复：《红楼哲学笔记》，生活·读书·新知三联书店2009年版，第3－5页。

读与理解“红学四书”的题旨，譬如“悟证”红楼的话题，再譬如“红学远离了文学”的话题，以及如何看待俞平伯的“拥曹迷红”这一话题。笔者仅就前两个话题略加引申地谈一谈吧，先来谈谈“悟证”红楼的话题：刘再复在《红楼梦悟》“自序（二）”中说：“两百多年来《红楼梦》的阅读与探讨，有三种形态：一是《红楼梦》论；二是《红楼梦》辨；三是《红楼梦》悟。……以往的《红楼梦》阅读与探索，其实也有悟，脂砚斋的批注，其中论、辨、悟的胚胎都有，历年的论者辨者也都有悟，然而，把‘悟’作为一种基本阅读形态、探讨形态和写作形态，似乎还没有。所以我才冒昧地称‘悟’为第三种形态，并给拙著命名为《红楼梦悟》，与俞平伯先生的《红楼梦辨》作一对应。‘悟’与‘辨’的区别无须多说，而悟与论的区别是直觉与理析的不同。实证与逻辑，这一论的主要手段，在悟中被扬弃，即使出现，也只是偶然为之。悟的方式乃是禅的方式，即明心见性、直逼要害、道破文眼的方式，也可以说是抽离概念、范畴的审美方式。因此，它的阅读不是头脑的阅读，而是生命的阅读与灵魂的阅读。”[①] 刘再复对《红楼梦》的论、辨、悟三种阅读方式（或研究方式）的区分说得十分清楚，也便于读者把握和理解。至少读者在阅读《红楼梦》的过程中应明白“悟读”是一种很有效的方式；并且在阅读“红楼四书”过程中应明白“以悟读悟”才是最有效的阅读方式，这两方面对于读者而言都是很高层次的要求了。如果读者对于《红楼梦》文本没有相当程度的“悟”的能力，那么，“红楼四书”显然也是不容易读明白的。不过，“红楼

① 刘再复：《红楼梦悟》，生活·读书·新知三联书店2006年版，第2-3页。

四书”倒是可以起到最基础的“导悟”作用，它能够提供读者“悟”的方向、“悟”的方式甚至“悟”的关键点以及细节，同时对读者阅读《红楼梦》具有一种“导读”之功。当然，刘再复所说的“悟读”却又并非仅限于“导读”《红楼梦》的层面，主要还是在谈一种与俞平伯的《红楼梦辨》对应的研究方式。众所周知，作为一种研究方式的“悟读”《红楼梦》其实始于脂砚斋的评批（《脂砚斋重评石头记》），这样的评批形式至今仍在被有效地运用，笔者曾提出当代《红楼梦》“四家评”的说法，其中包括周汝昌校订批点《红楼梦》、冯其庸重校评批《红楼梦》、蔡义江新评《红楼梦》、王蒙评点《红楼梦》等，显然都有“悟读”《红楼梦》内容，只不过各有侧重罢了。这一指称是借鉴了此前的《红楼梦》“八家评”（即王希廉、张新之、姚燮、二知道人、诸联、涂瀛、解盦居士、洪秋蕃等八家的评点）的传统称谓。笔者这篇文章题为《当代〈红楼梦〉评点“四家评”综论之一——以周汝昌、冯其庸、蔡义江、王蒙为例》，刊发于《中国矿业大学学报》社会科学版 2011 年第 3 期，读者可以参看。

再来谈谈“红学远离了文学”的话题：刘再复为了清楚地说明“红学远离了文学”的这个问题，对百年红学做了一番简要的学术史考察，他的这个考察大体上符合红学史的事实，但也有存在理解不够准确以及不够深入的方面，譬如对俞平伯的《红楼梦辨》的理解、对周汝昌红学的理解，甚至所谓因“红学远离了文学”而期待“红楼归位”的判断，往往并不是学术史意义上“博观圆照”的理解和判断。其实，“红楼归位”的前提是“红楼离位”，然而，百年红学发展过程中尽管考证索隐各显身手，《红楼梦》的文学阅读以及红学文学批评从来也没有真正地“离位”。

如果说"悟证"是使"红楼归位"或者红学研究的一种"本位"方式，这显然是一厢情愿的想法。《红楼梦》当然可以"索"，可以"考"，可以"辨"，可以"悟"，不过是否都与"学"有关联则并不一定。值得关注的是，对于这种"索""考""辨""悟"的反思或研讨则显然正是"红学"的范畴或对象。总之，"红楼四书"中的"悟证"并非都具有"学"的成分，尽管其中"学"的成分显而易见。

值得一提的是，刘再复在《中国文学第一天才的旷世知音——梁归智〈周汝昌传〉序》一文中对周汝昌的红学又做了重新的认识和评价："周先生的成就不只是考证。今天借此作序的机缘，我想用八个字来评价周汝昌先生，这就是'总成考证，超越考证'……二十年来，我无论是读周先生的《新证》，还是读周先生的《曹雪芹小传》《曹雪芹新传》《红楼家世》《红楼梦与中华文化》等著作，都从中吸取了丰富的思想营养，这些营养概括起来，大约有三点：（1）确认《红楼梦》乃是空前启后的中国文学的最伟大的作品，是人类世界精神水准的伟大坐标之一。（2）一切考证、探佚的最终目的是把握《红楼梦》的无量文学价值。（3）感悟《红楼梦》关键是感悟其无人可比的精神境界，而不是什么'文学技术'之类。周汝昌先生能抵达这一境界，不是考证的结果，而是悟证的结果。换句话说，这不是'头脑'的结果，而是心灵的结果。正如归智先生在'传'中所说：'周汝昌研究《红楼梦》，只是凭着一颗天赋以诗才、哲思、史识的心灵，在搜集的大量史料和小说文本之间游弋感受，与作者曹雪芹作心魂的交流，这样得来的所感所见，自然与那些在新旧教条笼罩下的研究者大为不同。很自然，他的所感所见，也就不能为那些研究者所认同和理解了。’周先生用‘天赋的心灵’去和曹雪芹交流，以心传心，以心发现心，这便是悟证，便是超越考证的悟证。所以我除了用‘总成考证，超越考证’八字之外，还要用另外八个字来评价周先生，这就是：考证高峰，悟证先河。二十年来，我在阅读《红楼梦》和写作《红楼四书》时，用悟证取代考证与论证，着意使用另一种方法和语言，使悟证更具规模，但这种‘以心发现心’的方法，其实周汝昌先生已开了先河。他在《红楼十二层》中说：悟性——比考证更重要。为表达这一意思，他特作诗云：‘积学方知考证难，是非颠倒态千般。谁知识力还关悟，慧性灵心放眼看’。说的多么好！倘若局限于考证或实证，周先生绝不可能重新提出陈蜕九十年前的大问题与真问题，也绝对不可能成为中国文学第一天才的卓越知音。”① 刘再复在“证悟红楼”这方面已经将周汝昌视为知己或导师，惺惺相惜之情溢于言表，可见他对周汝昌红学的确有一个认识变化的过程。周汝昌也认同刘再复“证悟红学”“悟证先河”的评价，特于2012年中国大百科全书出版社出版的《红楼新境》“后记”中说：“感谢李文进先生刻了七枚印章给我，其中‘证悟红学’‘悟证先河’两枚，是刘再复先生评价我的语言，以此存念。”所以，将周汝昌视为当代“新索隐”的领军人物或学术带头人也是不无道理的。梁归智也认为：“治学特别是治红学，所有的方法和门径都要以‘灵’和‘悟’为中心，理论才不会变成死搬硬套的‘胶柱’，考证才不会变成‘形式逻辑’的‘死笔’……索隐与自传，

① 刘再复：《中国文学第一天才的旷世知音——梁归智〈周汝昌传〉序》，《书屋》2010年第12期。

感悟与义理，思索与赏会，也都‘合一’了。索隐和自传说本身都没有错，关键是你的索隐和自传说能否与曹雪芹‘通灵’，能否‘悟’得恰到好处。”[①] 梁归智正是基于这样的认识才不遗余力地从周汝昌的这一“悟性”挂帅的治学思维方式方面贬低周汝昌的“论敌们”，而把周汝昌视为曹雪芹的“知音”，至于那些“论敌们”甚至被视为了高鹗的“同党”。说到底，一百年来的红学并未真正地“远离了文学”，只是在怎样做才是“文学本位”的问题上有所争议罢了。宋淇曾这样说：“最可惜的是王国维在文学批评方面建立了桥头堡，后起无人，没有人做更深入的研究。”[②] 宋淇的呼唤乃基于以下考量：新红学的发展应当在王国维的路子上“接着讲”，即“多从文学、哲学着眼”，一定能取得别开生面的学术新局面。由此说来，俞平伯所指出的红学方向即“今后似应多从文、哲两方加以探讨”正与宋淇的呼唤同出一辙。虽然在建构“桥头堡”方面后起无人，当并非无人继起，譬如蒋和森的《红楼梦论稿》、王蒙的《红楼启示录》、浦安迪的《红楼梦的原型与寓意》、余国藩的《重读石头记：〈红楼梦〉里的情欲与虚构》，以及刘再复的“红楼四书”等都在继起的路上，至于是否建构起红学批评的“桥头堡”则有待进一步地考评。

“红楼四书”无疑是刘再复去国怀乡的得意之作，他的“悟读”《红楼梦》其中一个原因即“刚出国，太孤独，也只好请曹雪芹这位‘心灵的天才’帮忙。在海外漂泊的日子里，《红楼梦》灵魂的亮光时时照射着我的思想之路与文学之路，小说中的林黛

---

① 梁归智：《红楼梦里逍遥游——读周汝昌〈红楼夺目红〉》，《中国图书评论》2004 年第 2 期。

② 宋淇：《红楼梦识要》，中国书店 2000 年版，第 6 页。

玉犹如带领但丁的贝阿特丽丝，她既是引导贾宝玉前行的女神，也是引导我走出浊泥世界的灯火。”[①] 所以说，即便他的“悟读”因视野开阔且玄思飘逸而显得有些肤廓不经，读者也应该以“了解的同情”来对待这些肤廓不经的文字，否则，你将看不清“红楼四书”中的大量启人感悟的文字了。笔者以为，刘再复最感兴趣的应该是“红楼四书”中的《红楼哲学笔记》与《红楼人三十种解读》“二书”，如果一定在这“二书”中仅仅选出“一书”来，他应该毫不犹豫地选择《红楼哲学笔记》吧！去国怀乡之人是否大都乐于思考“从哪里来到哪里去”的话题，这却很难说，至少刘再复在这方面的兴趣是日益浓厚的。并且，这部《红楼哲学笔记》“后记”说：“本书《红楼哲学笔记》是对‘哲学内涵’更深的开掘。有心的朋友倘若想了解笔者对红楼哲学的全面把握，就必须把我前后的表述联系起来阅读。”[②] 这应该是理解和把握刘再复“悟读”“悟证”《红楼梦》旨趣的必读之书，何尝不是理解和把握他本人彼时彼刻的精神诉求和哲学旨趣的必读之书呢！当然，喜欢哲学意味的读者会更乐于阅读《红楼哲学笔记》，而乐于谈讲红楼人物或者喜欢文学形象的读者则更乐于阅读《红楼人三十种解读》。在笔者看来，《红楼人三十种解读》一书最具红学批评价值的，作者对红楼人物解读的独具视角无疑丰富了《红楼梦》人物论的内涵，或者说《红楼人三十种解读》一书的红学之“学”的质素最为突出。刘再复说：“我在‘红楼四书’中使用的‘悟证’法，既不同于知识考证与家世考证，也不同于

① 刘再复：《红楼梦悟》，生活·读书·新知三联书店2006年版，第2页。
② 刘再复：《红楼哲学笔记》，生活·读书·新知三联书店2009年版，第266页。

逻辑论证，虽近乎禅的通过直觉把握本体的方式，但我却在‘悟’中加上证，即不是凭虚而悟，而是阅读而悟，参悟时有对小说文本阅读的基础，悟证过程虽与‘学’不同，却有‘学’的底蕴与根据。这算不算独立的自性法门，只能留待读者去评论。”① 作为一位读者，笔者的以上评论正是基于其“学”的底蕴与根据与作为一门学问的“红学”的关联性如何而发表的，这些评论显然并不是笔者自己的“悟读”或“悟证”。

刘再复在《红楼人三十种解读》“自序：人性的孤本”中说：“阅读《红楼梦》时，发现文本中有许多共名，也可以说是人物的意象性与类型性的通称，如‘梦中人’‘标致人’‘尊贵人’‘精细人’‘粗劣人’‘轻薄人’‘得意人’‘软弱人’‘正经人’‘负心人’‘多心人’‘大俗人’‘畸人’‘淫人’‘奸人’‘丽人’‘佳人’‘高人’‘仁人’等，大约不下百种。有些名称一目了然，无须多加解说，有些则寓意很深，更有一些则完全属于曹雪芹，最后这一种如‘槛外人’‘富贵闲人’‘卤人’‘可人’‘冷人’‘玻璃人’等，完全是独特的创造，即使辞书上有语义上的注解，也无法与《红楼梦》语境中的这些名称内涵相提并论。20世纪法国荒诞派大作家加缪，创造了举世闻名的‘局外人’（也译作‘异乡人’）莫尔索，还被公认为现代意识的象征意象。可是，两百年前的曹雪芹就创造了‘槛外人’形象，这除了妙玉自称‘槛外人’之外，贾宝玉、林黛玉等亦都是槛外人。……通过对‘槛外人’的解说，便可更接近小说的主旨。……在百种共名中，我选定了三十种解读，与十五六年前的拙著《人论二十五

① 刘再复：《红楼人三十种解读》，生活·读书·新知三联书店2009年版，第3页。

种》（香港牛津大学出版社）相比，此次选定的解说对象限定在《红楼梦》中，即必须是小说文本提及的才能入围，但解说则是谈开去，尽可能开掘一种人性的深层。……关于《红楼梦》的人物研究，著述已经很多，仅对王熙凤的评介文字都难以计数，但是，如果用《红楼梦》提示的命名去观照她，又可有新的发现。”① 以上陈述既有世界眼光，又有红学史视野；既有理论思辨依据，又有文本阅读领悟。总之，不仅基于其“学”的底蕴与根据比较充分，而且基于古今中外小说创作的事实与经验方面同样比较中肯。基于这些理由，笔者尤其推荐读者从《红楼人三十种解读》一书阅读过程中体会作者“悟读”“悟证”的能力，同时体会红学研究中因新的发现而带来的乐趣。值得一提的是，“共名”说最先由何其芳提出来用以解读典型人物性格特征的一种观点，曾经引起较大的争议，刘再复则以“共名”指人物的意象性与类型性的通称，已经赋予这一概念新的解释。关于《红楼梦》的人物研究著述的确已经很多了，其中以王昆仑的《红楼梦人物论》影响最大，其次如王朝闻的《论凤姐》颇具特色，它们都已经成为红学经典著述了。令人欣慰的是，出版于2009年8月的曾扬华著《钗黛之辨》与刘再复的《红楼人三十种解读》皆各有新趣，堪称《红楼梦》人物研究的拓新之作。至于是否可以成为红学经典著述，则有待于时间检验。

值得关注的是，近十年来，关于刘再复的《红楼梦》研究的讨论陆续有新文刊发，直接以“红楼四书”为题的讨论文章已有两篇：一是孙伟科撰写的《红学与红楼美学——评刘再复“红楼

---

① 刘再复：《红楼人三十种解读》，生活·读书·新知三联书店2009年版，第1-3页。

四书”中的美学思想》一文，刊发于《红楼梦学刊》2010 年第 5 期。该文作者认为：刘再复的“红楼四书”是近年来从美学、哲学角度研究《红楼梦》的新尝试，其功过得失急需予以及时评价。作者依据现代哲学观念对《红楼梦》的美学分析，既有许多有价值的观点，也有许多脱离人物形象分析、脱离作品实际的肤廓之论。二是王世德撰写的《刘再复开启了红学研究的新阶段——对〈红楼四书〉的审美感悟》一文，刊发于《中华文化论坛》2011 年第 5 期，该文同题目再刊于《东吴学术》2012 年第 2 期。该文作者认为：这四本皇皇巨著，开启了红学研究的新阶段。另有几篇文章也列出来供读者参看：（1）李祝喜《刘再复〈红楼梦〉研究论略》，《当代文坛》2012 年第 2 期；（2）古大勇《“红学”别一境界的开拓——论刘再复“第二人生”的〈红楼梦〉研究》，《南京师范大学文学院学报》2013 年第 4 期；（3）刘永良《对刘再复〈红楼梦悟〉的不同看法》，《红楼梦学刊》2014 年第 5 期；（4）张小玲《论刘再复的〈红楼梦〉研究》，天津师范大学硕士论文 2016 年。笔者所列举的这些研讨资料如果能够帮助读者有效地阅读“红楼四书”，那真是读者之福了。

最后说几句题外话，2011 年 6 月 26 日，笔者受邀参加在江西庐山召开的北京曹雪芹学会第一次年会，其间结识了鲁迅研究专家、中国社会科学院文学研究所张梦阳研究员（我们同住一室），彼此相谈甚欢。2012 年 12 月 16 日电子邮件中建议笔者写一写刘再复的“红楼四书”，因为张梦阳与刘再复是好朋友，此请算是尽了朋友之谊。笔者自 2000 年秋开始经营“红学学案”课题，至今已 10 年了，原拟从百年红学史上选取 60 位有突出贡献、有独特个性的红学研究者立案评述，也曾将刘再复列入写作计划。2013 年 2 月由新华出版社出版第一部《红学学案》之后，又经过了一番审慎地斟酌考量，毅然决定只写 36 位，刘再复红学学案只能留给感兴趣的作者来做了。于是，决计写一篇“红楼四书”书评聊以自我安慰，显然也有略尽朋友之谊的想法。其中的因缘其实也很简单，通观“红楼四书”可见，刘再复并不是将《红楼梦》作为学术对象来研究，他主要是以阅读方式借以谈讲他自己的人生体验，抒发他自己的旷世苦闷。即便他所说的“悟证”也是与周汝昌很不相同的：一个在讲人生的体验，一个在做新索隐的学术。况且，红学研究大谈所谓“悟证”毕竟会引起很多质疑之声，因为红学毕竟直接继承的还是传统学术。

第八章

《红楼梦》译评的一个“样板”

——林以亮著《红楼梦西游记——细评红楼梦新英译》

林以亮著《红楼梦西游记——细评红楼梦新英译》一书由台北经联出版事业公司1976年9月出版，林以亮即宋淇，冯其庸、李希凡主编《红楼梦大辞典》（北京文化艺术出版社1990年版）将宋淇列为“著名红学家”。宋淇著《红楼梦识要——宋淇红学论集》一书由中国书店2000年12月出版，这部论集的学术影响远大于《红楼梦西游记——细评红楼梦新英译》。2001年2月26日上午，“宋淇《红楼梦识要》出版座谈会”在中国艺术研究院会议厅召开，此次座谈会由中国艺术研究院红楼梦研究所、《红楼梦学刊》杂志社和中国书店联合主办，参会专家学者在“世纪回眸”中发现了宋淇红学的独特意义和价值。黄维樑在胡菊人著《小说红楼》“代序”中说：“一九七六年我回港在母校教书，结识前辈宋淇（林以亮），在宋氏口中，《红楼梦》、张爱玲、《明月》成了他的‘神圣三位一体’（Holy Trinity）。”[①] 宋淇作为香港红学前辈，他在红学研究方面的业绩影响了海内外，可以说，由他来“细评”霍克思《红楼梦》英译本堪称绝配。

笔者以为，《红楼梦西游记——细评红楼梦新英译》一书的价值同样不可小觑，它充分地彰显了作者集翻译家、文学评论家以及红学家于一身的过人才能，并开启了霍克思《红楼梦》英译本研究的先河，以及由此建立的霍克思《红楼梦》英译本研究的范式。

---

① 胡菊人：《小说红楼》，江西教育出版社2017年版，第22页。

林以亮（宋淇）在《红楼梦西游记——细评红楼梦新英译》一书“自序”谈及出版过程时说：“借着这个机会，我还要向柯青华先生和书评目录月刊表述谢忱。他们拨出宝贵的篇幅将拙作连载八期，对我不断鼓励，最后更为我着想，慨然把出单行本的权利让给经联出版事业公司。我这小书尝试细评一本中译英的古典小说，分门别类地详加分析，似属创举，希望能促进各界人士更重视翻译，把翻译当一种专业看待。经联出版事业公司有鉴于此，欣然答应全力支持本书的出版。他们认为译者评者能够如此融洽合作，确是一段文坛佳话，其意义绝不止于表面上的中西文化交流而已。”① 以上这段话道出《红楼梦西游记——细评红楼梦新英译》一书的学术价值和传播价值，即古典小说中译英译本细评在学术上是一种“创举”（独创学术价值），同时具有显而易见的促进中西文化交流的传播价值。这段话中不仅流露出作者令人钦佩的自我期许，同时流露出作者对于霍克思翻译《红楼梦》壮举的由衷感佩。译者与评者在整个“细评”过程中之所以能够如此融洽地合作，乃基于彼此之间的惺惺相惜，即林以亮（宋淇）称霍克思为“天涯知己”，霍克思则称林以亮（宋淇）为“知己”，这种交谊在《红楼梦西游记——细评红楼梦新英译》一书“自序”中有清晰的交代。霍克思称：“Mr. Song always knows what I have done, or tried to do, and why I have done it; and to be understood is better than to be praised.”② 林以亮（宋淇）称霍克思为

① 林以亮：《红楼梦西游记——细评红楼梦新英译》，经联出版事业公司1976年版，第5页。

② 林以亮：《红楼梦西游记——细评红楼梦新英译》，经联出版事业公司1976年版，第2页。

“一位妙人”“一位通人”“一位奇人”，所谓“妙”“通”“奇”都与霍克思毅然辞去牛津大学中国文学讲座教授职位而闭户埋首翻译《红楼梦》有着密切关系。译者与评者之间竟有如此默契，颇令笔者感佩。

尤其值得关注的是，《红楼梦西游记——细评红楼梦新英译》一书“自序”在侃侃而谈译者与评者之间交谊的同时清楚地交代了这部《细评红楼梦新英译》小书彼此都很满意的原因，这些原因至少可以归纳为四点：（1）彻底了解译文后面的用意；（2）道出疏漏误译的理由；（3）做到“知无不言，言无不尽”；（4）近于虔诚的慎重态度。其中第四点需要引作者“自序”以便读者更加清晰地理解：“在下任何结论之前，总反复考虑，不厌其烦地查阅参考书，细读上下文，随时请教专家。……我评尊译虽比不上你译石头记那样虔诚，其性情之隆重则一。”[①] 笔者以为，以上所归纳的四点不仅可以看作林以亮（宋淇）细评《红楼梦》新英译的写作心得或经验总结，同时可以看作译文译著类书评应遵循的写作原则。

《红楼梦西游记——细评红楼梦新英译》一书目录包括了以下内容：

---

① 林以亮：《红楼梦西游记——细评红楼梦新英译》，经联出版事业公司 1976 年版，第 4－5 页。

第 2 章　版本·双关语·猴

第 3 章　冷笑·称呼和译名

第 4 章　口吻

第 5 章　疏忽遗漏

第 6 章　误译

第 7 章　宝玉四时即事诗二译之商榷

第 8 章　千锤百炼的译作

且看第 8 章“千锤百炼的译作”中如何说：“我在前文再三称许霍克思的英译《红楼梦》为第一流的翻译，誉之为近年来由中译英的扛鼎之作。有一句成语：‘千锤百炼’，指文字历经磨炼，精湛有力，霍克思的译作足可当之无愧。可是在行文中，我偶尔也提出一些不尽妥帖的地方，尤其最近发表的‘疏忽与遗漏’‘误译’和‘宝玉四时即事诗二译之商榷’三文，更是指摘多于誉扬，可能引起读者的误会，认为我的论调前后不统一。所谓千锤百炼，指‘千锤真金，百炼成钢’。此外还有一句成语：‘披沙拣金’。在锤炼的过程中，免不了掺入泥沙杂质。现在既然将这部千锤百炼的译作加以详细分析，当然应该把沙和金分别出来。一味鼓掌喝彩，对读者既没有交代，对译文也没有尽一个客观公正的批评者的责任。何况《红楼梦》是中国文学史中无古无今的一部小说。原作者留下来的只不过是未完成的八十回，其余四十回究竟为何人所作，到目前还是聚讼纷纭，莫衷一是。把这样一本作者身份都成问题而前后风格不同的小说翻译出来，其困难可知。至于小说本身内容包罗万象，词汇丰富生动，连中国读者都目不暇接，未必能全部掌握，更不要说让异国人译成另一种文字了。”[①] 林以亮（宋淇）将霍克思的英译《红楼梦》称为“第一流的翻译”，他眼光如炬地预见了霍译本《红楼梦》的影响和前途即“中译英的扛鼎之作”。有研究者说：“美国本土出版的世界文学选集收入《红楼梦》，是对其世界文学经典地位的初步确认，而选集完全采用霍克思和闵福德的译本，说明霍译本的权威地位已经得到公认。除了文学史、文学选集以及文学概论之外，英语世界中有关《红楼梦》的期刊论文、专著和论文集一般也会选择霍译本作为引文的来源。……到 1986 年霍译本出齐之后，该译本在英语世界相关学术圈中的权威地位早已得到了确立。在此之后，英语世界几乎所有对《红楼梦》进行学术性解读的期刊论文都将霍译本作为引文来源，所有涉及《红楼梦》内容的专著与论文集也将霍译本列入参考书目（涉及原著不同版本的考证研究除外，因为研究者需要自行对不同版本的相应片段进行翻译，以发现其中的差别）。就笔者目前所掌握的近百种研究论著来看，除一种专著援引了麦克休译本的片段，少数论著出于特殊目的自行对原著片段进行翻译，绝大多数论著的引文来源均为霍译本。”[②] 譬如余国藩的《红楼梦》研究的代表作《重读石头记：〈红楼梦〉里的情欲与虚构》一书被誉为“20 世纪 90 年代美国红学的扛鼎之作”，[③] 据称这部“扛鼎之作”“所引用的《红楼梦》片段全部来自霍克思和闵福德的译本。可见，身为华裔学

---

① 林以亮：《红楼梦西游记——细评红楼梦新英译》，经联出版事业公司 1976 年版，第 113 – 114 页。

② 江帆：《他乡的石头记——〈红楼梦〉百年英译史研究》，天津南开大学出版社 2014 年版，第 120 – 121 页。

③ 张惠：《红楼梦研究在美国》，中国社会科学出版社 2013 年版，第 189 页。

者和《西游记》全译本译者的余国藩，对霍译本是相当认同的。”[①] 令人遗憾的是，中国的国内翻译界极力推崇的杨宪益、戴乃迭夫妇合作翻译的《红楼梦》在英语世界并不如英国汉学家霍克思的《红楼梦》英译本如此地备受关注。这究竟是什么原因造成的呢？或许如江帆所说：“实际上可以说世界上绝大多数的国家和民族，主要都是通过他们自己国家和民族的翻译家的翻译来接受外国文学和外国文化的，这是文学、文化跨语言、跨国界译介的一条基本规律。”[②] 如果这样的看法可以成立的话，那么，霍克思显然要比杨宪益更具优势，问题在于作为《红楼梦》翻译的合作者即杨宪益的妻子戴乃迭出生于英国传教士家庭，她就读于牛津大学，最初学习法国语言文学，后转攻中国语言文学，据杨宪益说：“她是攻读中国文学荣誉学位的第一人。”[③] 如此说来，江帆所谓的“文学、文化跨语言、跨国界译介的一条基本规律”似乎并非一条不可动摇的定律。杨、戴《红楼梦》译本之所以在英语世界未能获得霍译本那样高的待遇，其中的原因实际上并非那么简单。是否可以这样说：译本作者是否具有“第一流的翻译水平”才是最紧要的方面。其实，这两个同样是达到了“第一流的翻译水平”的《红楼梦》英译本的得失优劣方面的比较一直是翻译界和红学界共同感兴趣的学术课题。

又据杨宪益说：“从 1972 年我俩获释到 1976 年，我俩从事的唯一认真的翻译工作就是把清代著名长篇小说《红楼梦》译完。

---

① 江帆：《他乡的石头记——〈红楼梦〉百年英译史研究》，南开大学出版社 2014 年版，第 119 页。

② 江帆：《他乡的石头记——〈红楼梦〉百年英译史研究》，南开大学出版社 2014 年版，第 5 页。

③ 杨宪益：《漏船载酒忆当年》，北京十月文艺出版社 2018 年版，第 67 页。

这部作品在中国非常受欢迎，因此这项译事给我们带来很多荣誉，甚至是溢美之誉。有一位年长的中国学者名叫吴世昌，他是研究这部长篇小说的权威。他帮助我俩参照了该书多种手抄本和印刷本，择善而从，编成了我们翻译的这个本子。中国有一个专门研究这部长篇小说的群体，奉献于这一事业的学者在中国以‘红学家’著称。因此我也被人们算成以为‘红学家’了。”① 由以上陈述可见，杨宪益在翻译《红楼梦》的过程中得到了著名红学家吴世昌的鼎力帮助，这一帮助很有必要，其中最紧要的问题就是《红楼梦》译本的底本选择，吴世昌教给杨宪益的做法是“择善而从”。“择善而从”是俞平伯先生20世纪50年代末出版的《红楼梦八十回校本》的校注原则，这一校注原则至今已深入人心了。反观霍克思译本，底本选择就受到林以亮（宋淇）的严肃批评：“霍克思译本最大的缺点是原文大体上根据程乙本。他的理由是程乙本为最完整的现成本子。当然要译一百二十回，这是最省事的办法，何况其他抄本不易买到，逐字逐句校核又太费时间。可是程乙本有很多令人不能接受的随意删改，往往与原作之意相反，令真正爱好《红楼梦》的读者深恶痛绝。俞平伯和周汝昌等已有长文论及此点。霍克思在采纳程乙本为底本时，至少应同时参阅俞平伯的根据各种版本的校订本，可以避免许多妄改和节删。”② 这一严肃批评见于《喜见〈红楼梦〉新英译》一文，同时，林以亮（宋淇）给出了自己的合理建议即“参阅俞平伯的根据各种版本的校订本”，即《红楼梦八十回校本》，这个建议在

① 杨宪益：《漏船载酒忆当年》，北京十月文艺出版社2018年版，第229页。

② 林以亮：《红楼梦西游记——细评红楼梦新英译》，经联出版事业公司1976年版，第2-3页。

彼时的红学领域尚未出版过“相对精善”的《红楼梦》校注本的情况下显然非常中肯。

再看第二章“版本·双关语·猴”中如何说：“此外，他对于新红学的发展也非常在行。最近周汝昌根据靖本的一条注推翻了旧说，并证明脂砚斋和畸笏叟实为二人，他在序中也提到了。他明知抄本较近原作，可是为了满足读者势不能只译未完成的八十回，而不得不将一百二十回全部译出，所以在文字的取舍之间，免不了顾此失彼，有时显得矛盾。例如程高本第六回对王熙凤的歪曲，我在《喜见〈红楼梦〉新英译》一文中已经指出，便是一例。此种情形非但令翻译者头痛，有时也令读者无所适从。这真是‘红楼梦魇’。至少霍克思已经尽了他最大的努力。因为如果从头至尾采取抄本，则一百二十回的前后呼应有时便失掉线索。霍克思对《红楼梦》的了解可以从他对版本的选择上和红学的知识上看出来。因此，我们对他的译文不应苛求，因为《红楼梦》本身还没有一个完善的定本。”[①] 林以亮（宋淇）不仅懂得《红楼梦》的主题思想和艺术特征，同时也懂得《红楼梦》版本知识。他的以上评论不仅富有学理性，同时具有对霍克思“了解的同情”，真是难能可贵。他在《喜见〈红楼梦〉新英译》一文中便已经给霍克思提出建议：“霍克思他大体上根据程乙本，偶尔也根据其他版本，有时则根据自己的臆断，希望他以后数册出版之前能根据俞平伯的校订本作一点补救的工夫，如此才不负他

① 林以亮：《红楼梦西游记——细评红楼梦新英译》，经联出版事业公司1976年版，第25页。

介绍《红楼梦》的原意。”[1] 林以亮（宋淇）如此信赖俞平伯的校订本，显然并非仅仅出于个人喜好。无独有偶，胡适曾说过：“我觉得俞平伯的《红楼梦八十回校本》（四册，其一二册是八十回校本，第三册全是校字记，第四册是后四十回，作为附录）在今日还是第一善本。”[2] 胡适对《红楼梦八十回校本》的“第一善本”之誉足见俞平伯的校订本的价值和影响。值得一提的是，20世纪60年代末，伊藤漱平翻译一百二十回《红楼梦》正是根据俞平伯《红楼梦八十回校本》及附册后四十回译出。据伊藤漱平回忆：“正当我着手翻译，幸好庚辰本的影印本出版，把它和有正书局本边核对边进行翻译之时，有一天，松枝老师寄来了一个快件小包，其中有写这是北京周作人寄来的转送给你的意思的信函，包里装的是俞平伯《八十回校本》全四册。因此我很快把刚到手的《校本》作为底本，用了三年多的时间集中进行翻译，以年轻之身勉强完成了一百二十回的翻译任务。这是从起用替角开始的，所有一切靠的是老师令人感激的照顾。”[3]《红楼梦八十回校本》已经成为那个时期颇有影响的第一种《红楼梦》“汇校本”，其文献价值日益受到关注，而伊藤漱平的《红楼梦》日译本以这个“汇校本”为底本则为他的翻译打下了良好的文献基础。有趣的是，林以亮（宋淇）竟提及霍克思所遇到的“红楼梦魇”，这个“戏语”曾被他用来戏称张爱玲的《红楼梦》考据文章。据张爱玲说：“这是八九年前的事。我寄了些考据《红楼梦》

---

① 林以亮：《红楼梦西游记——细评红楼梦新英译》，经联出版事业公司1976年版，第5页。

② 宋广波：《胡适红楼梦研究资料全编》，北京图书馆出版社2005年版，第480页。

③ 伊藤漱平：《二十一世纪红学展望——一个外国学者论述〈红楼梦〉的翻译问题》，载《红楼梦学刊》1997年增刊。

的大纲给宋淇看，有些内容看上去很奇特。宋淇戏称为 Nightmare in the Red Chamber（红楼梦魇），有时候隔些时就在信上问起：‘你的红楼梦魇做得怎样了？’我觉得这题目非常好，而且也确是这情形——一种疯狂。”[①] 其实，“梦魇”一词最早出现在俞平伯《红楼梦研究》自序中：“我尝谓这书在中国文坛上是个‘梦魇’，你越研究便越胡涂。”[②] 霍克思竟选择并非完善的程乙本为底本实在令林以亮（宋淇）“越看越糊涂”，但同时也理解霍克思做这一翻译工作的不容易，因为《红楼梦》本身还没有一个完善的定本。

如果说艺术就是克服困难，那么，翻译同样是克服困难，细评译作又何尝不是克服困难呢？只不过各自所面对的困难有所不同罢了。譬如《红楼梦》的译者至少需要克服两个困难，一则如何读懂《红楼梦》文本，二则如何翻译《红楼梦》文本。这第二点的要求对于一个外乡人而言显然是非常困难的，因为若想使自己的译文或译著入于“化境”难乎其难。钱锺书在《林纾的翻译》一文中说：“文学翻译的最高理想可以说是‘化’。把作品从一国文字转变成另一国文字，既能不因语文习惯的差异而露出生硬牵强的痕迹，又能完全保存原作的风味，那就得入于‘化境’。”[③] 林以亮（宋淇）如此说：“拿这个标准来衡量霍克思的《红楼梦》新英译，会不会是不近人情的要求呢？那就要看他以后四册译文的表现和再版时修润的结果了。”[④] 林以亮（宋淇）认

① 张爱玲：《红楼梦魇》，上海古籍出版社 1995 年版，第 2 页。

② 俞平伯：《红楼梦研究》，复旦大学出版社 2004 年版，第 2 页。

③ 钱锺书：《七缀集》（修订本），上海古籍出版社 1984 年第 2 版，第 79 页。

④ 林以亮：《红楼梦西游记——细评红楼梦新英译》，经联出版事业公司 1976 年版，第 128 页。

为霍克思《红楼梦》译本的第一册是能够胜任入于“化境”的基本要求的，如他所说：“如果霍克思的英译不是第一流的翻译，我只须写一简短的介绍，大可不必如此不惮烦细的写这一系列评论了。”① 可以说，第一流的评论家“细评”第一流的翻译家的译著，自然是“高山流水遇知音”的现代典范了。林以亮（宋淇）尤其对霍克思以后四册译文的表现和再版时的修润满怀信心，为什么如此满怀信心呢？他说：“根据以下三个条件，我对霍克思的译作始终抱有极大的信心：（一）译者对原作的喜爱和虔诚，近乎无条件的尊崇，相信他不会随意损害原作的精神。（二）依照译者第一册翻译和出版的时间，估计他要用十二至十五年来完成这部巨著的翻译工作，至于再版时的修润尚不计算在内。这可以保证他不会草率从事。（三）根据我以前诸文的分析，可以看出译者对原作（即‘出发的语言’ source language）的理解大致不成问题，虽然对某一些口语、俚语和旧诗中的典故略有误解，但并不影响到对原作精神整体上的把握。最难得的是他的英文表达能力是如此之出色，令人读后只有叹服的份。近年来英美人士对写文章并不考究，可能受了大众传播媒介（如报纸、杂志、电视）的影响，一般人只讲求速率而不在用字遣词方面刻意求工。像霍克思这种潇洒自如的文体在当代已不多见。他对‘到达的语言’ target language 的操纵能力是绝无可疑的，也是中国译者所不能企及的。”②

① 林以亮：《红楼梦西游记——细评红楼梦新英译》，经联出版事业公司 1976 年版，第 115 页。

② 林以亮：《红楼梦西游记——细评红楼梦新英译》，经联出版事业公司 1976 年版，第 114 页。

至于“细评”译作则不仅同样需要既读懂《红楼梦》，又懂得如何翻译《红楼梦》，并且需要克服第三个困难即清楚地表达出译者和译本在翻译《红楼梦》过程中的利弊得失。试略举二例简评如下：

第四章　口吻

《红楼梦》之难以翻译原因甚多，读过这部小说的人都会举出许多种不同的理由。最重要的一点可能是人物杂多，而主要人物又身份相近。众姐妹和丫鬟都集中居住于大观园，生活习惯、交往、甚至谈吐都有限制，以致读者非要细心捉摸方能体会出各人不同性格的细微处来。其次，《红楼梦》的进展过程，与其说是依赖外在的动作，不如说是倚仗主要人物心理的逐渐成长。（这并不是说《红楼梦》里没有外在的动作，但这牵涉到文学批评上的问题，不在本文讨论范围之列。）二者都有赖于对白，唯有对白才是揭露人物性格和心理活动的最好工具。对白写得活泼生动是所有伟大小说应具的条件之一，尤其当主要人物对比强烈、黑白分明时，更容易在读者心目中产生鲜明的印象，因为对白中所用的字眼和语气，最能表露出人物的神态、心情和性格中的特征来。《红楼梦》在这一点上自不后人，而且更进一步表现出背景相似的人物性格中黑白与白色之间的深灰和浅灰来，这才是作者的功力所在，霍克思深知此中的关键，所以在对白上特别留意。译文第一册的廿六回，一部分笔墨当然要用以介绍环境和人物之间的关系，书中最精彩的对白还没有完全出现。但仅以我们所见到的对白而论，霍克思的译文交代平稳，有时却有神来之笔，实在令人赞赏。有时为了追求效果，译者不免加强对比，超越了原作点到为止的写法。这是一个见仁见智和牵涉到中英文体的问题，当留在下面讨论。①

笔者按：以上评析显示了作者极好的文学批评素养，由《红楼梦》人物对白这一点入手，既准确地把握了《红楼梦》的艺术特征，又指明了霍克思的译文的匠心独运之处，使读者对全部译文充满期待。以上评析留给读者的印象便是评者不仅深谙《红楼梦》的创作之道，同时深谙《红楼梦》的翻译之道，而且善于清楚明白地表达其中的关键之处。

第七章　宝玉四时即事诗二译之商榷

翻译中文以文学作品为难。文学作品中以诗为尤难。诗中以中国古典诗为最难。中国古典诗，和所有的诗作一样，可以从内容和形式两方面来讲，而事实上内容与形式是无法硬生生劈开为二的。勉强说来，内容指诗的意义。中国古典诗却往往意在言外，它的弦外之音只可以意会，不可以言传。……大多数人采用的方法不出（一）用散文来解诗；（二）用现代自由诗两途，结果满不是那么一回事。我们对霍克思抱有极高的期望，因为他译过离骚、杜甫，元曲下过功夫，最重要的根据则是他在《红楼梦》第一回中，把贾雨村逢中秋佳节十年娇杏口占五言一律、与甄士隐在一起对月口占一绝都译得中规中矩，非常出色。尤其令人赞赏的是他所翻译的“好了歌”，意义与音韵两方面兼顾，极见功力。

① 林以亮：《红楼梦西游记——细评红楼梦新英译》，经联出版事业公司 1976 年版，第 52－53 页。

这一点已见拙评第二篇:《版本·双关语·猴》一文,毋庸赘述。……可是宝玉的第三首:“怡红快绿”……霍克思竟译为……他把婵娟误认为真的女人,以致全诗跟着大错特错,实在令人失望。怡红院以芭蕉和海棠为特色,已见前文。霍克思性不喜红,故特改译为“快绿院”,可能这一偏见导使他走错了方向。但这首诗的外证内证很多,实在没有理由犯这种错误。……霍克思可能在译时未曾参照脂评,我们不必深责,但他连这首诗的内容与题目中间的关系都看不出来,实在费解。他把下一首“杏帘在望”(The Hopeful Sign)的望字误读为希望的望,而不是看望的望,不免令人对他解诗能力的信心发生动摇。及至读到第二十三回他所译的宝玉四时即事诗,果然发现每一首都有或大或小的问题,为本文开端所提出的中国古典诗最难译的说法作印证。恰巧张心沧所编译的《中国文学第一卷——通俗小说及戏曲》一书,也选译了《红楼梦》第二十三回,其中当然包括这四首诗。他的译法与霍克思不同,霍克思译为五拍偶句,张则译为近乎散文的自由诗,并详加注解。大体上说来,张译较为精密,漏译较少,但误读原作之处与霍克思各有千秋。由此可见,译中国古典诗的困难固不限于欧美学者,中国学者对此道没有下过功夫,同样会看走眼。①

笔者按:从以上“细评”可知,评者深谙诗歌创作之道,同时深谙诗歌翻译之道,内行人说内行话总是给人以亲切可信之

① 林以亮:《红楼梦西游记——细评红楼梦新英译》,经联出版事业公司1976年版,第94-97页。

感。笔者以为，这段侃侃而谈的“商榷”文字简直可以看作评者的诗歌翻译论。尤为难得的是，评者直言不讳地表达了对霍克思译文中误读诗歌原作的失望情绪，这样的批评令人信服且令人敬畏。

林以亮（宋淇）在第五章《疏忽与遗漏》一文中说：“根据拉巴沙教授（Professor Gregory Rabas）的说法，翻译工作者最怕就是‘翻译批评家’，他们常把译文和原作详加对照校核，然后将其中的错误一一指出。如此做法，对从事翻译的人无疑是一种打击，因为这类批评家精通两种语文，既能指出毛病所在，还能建议如何译法。翻译者看到他们有根有据的评论，懊丧之余，觉得自己所犯过失，虽然可以私刑拷打，还不至于斩首示众，心里不免叫屈。我虽然也写过这一类的文章但写时总提醒自己，主要的目的在积极寻找一个正确的方式或法则，以供从事翻译者作参考。目前这一系列《红楼梦》评论陆续刊出后，有些友人对我说：‘你对译者太客气了。讨论翻译是非好坏自有客观的标准，不应该如此笔下留情。’我在《喜见〈红楼梦〉新英译》一文中早已说过霍克思的虔诚和功力实在令人佩服。如果对这种敬业的工作者还要口诛笔伐，加以挖苦，谁还愿意从事这种吃苦不讨好的翻译工作？可是既然我写的是有系统的详细评论，免不了见到疏忽、漏译、值得商榷或错误的地方，如果故意规避不谈，似可不必。好在我的目的既不在吹毛求疵，又不在卖弄才学；我拿译文的优劣提出来讨论，无非向读者有所交代，同时希望译者在再版时斟酌情形能否接纳加以改进。天下没有十全十美的翻译。正如乔志高所说：‘翻译犹如人性，总有改善的余地。’相信读过前四篇文章的读者不会怀疑我的诚意。霍克思的译文，大致上非常得体，在翻译时态度的认真可以说一丝不苟。偶然有疏忽或遗漏的地方，主要原因是原文中有些成语、俚语，或北方的土话，为字典中所查不到，或者译者一时不察，误解原作的用意，因而误译。”①《红楼梦西游记——细评红楼梦新英译》无疑是一部作者提供给热衷于《红楼梦》翻译的译者的最有效的也是最佳的参考书，因为该书在大量具体实例分析过程中不仅明白无误地指出了霍克思译本的毛病以及出现这种毛病的原因，同时在提供许多可供参考的正确方法时表达了自己的翻译主张和翻译原则，这些翻译主张和翻译原则并不是那种高头讲章式的夸夸其谈以及搬弄概念或理论的高深莫测，而是基于他自己的翻译实践与领悟之后的通俗易懂的表述。尤为难得的是林以亮（宋淇）在“细评”过程中对霍克思（包括《红楼梦》其他译者）始终抱有一种“了解的同情”的态度，不至于使译者“懊丧”之余为之“叫屈”。当然，如果那些所谓的“翻译批评家”评论或习惯于吹毛求疵的苛责，或乐于卖弄才学的炫耀，那么，即便是霍克思这样第一流的翻译家同样不免于“懊丧”之余而为之“叫屈”了。尤其难得的是，《红楼梦西游记——细评红楼梦新英译》一书中这种“了解的同情”的态度随处可见，譬如第六章谈“误译”时列举了霍克思将《红楼梦》第十九回和第二十六回的“一缕幽香”的翻译不统一的问题时说：“然而话又说回来，即以今日一般中国读者而论，他们读《红楼梦》，在成语方面或者不会有问题，其余如俚语、典故、伏笔和前后呼应，未必能完全领会。现在校阅霍克思

---

① 林以亮：《红楼梦西游记——细评红楼梦新英译》，经联出版事业公司1976年版，第65－66页。

四百七十八页的译文，疏漏和误译或许不止上述寥寥数处，但译文中精彩绝伦之处尚未细论，其瑕不掩瑜，自不待言。”① 试想：当霍克思看到这样的评论文字时的感受将会怎样呢？显然会毫不犹豫地将林以亮（宋淇）称作善解人意的“知己”。其实，作为“知己”的林以亮（宋淇）始终对霍克思充满信心，无论霍克思对待《红楼梦》翻译事业的认真严谨的态度，以及霍克思在《红楼梦》翻译过程中精益求精地追求完美的态度。闵福德在《汉英对照版〈红楼梦〉序》中津津乐道地谈及了霍克思的这种翻译态度：“在文学翻译史上，霍克思既是一位有创造性的翻译家，也是一位严谨的版本学家，这相当罕见。他的版本研究完全是为翻译服务的。他的翻译基本上没有注释。他最希望的是，他的读者（曹雪芹在全球范围内的新读者）被作品本身的精彩所吸引，进入它的想象世界。为了达到这个目标，他仔细研究了文本中的每一处细节。学术研究成了一种游戏。”② 总之，一个外乡人毅然决然地辞去教授职务，几十年如一日地为了翻译中国古典名著付出了那么多的辛勤劳动，并奉献出世界一流的《红楼梦》译本，的确值得世界范围的华人敬重，的确值得曹雪芹在全球范围内的读者尊敬。

毫不夸张地说，《红楼梦西游记——细评红楼梦新英译》一书既可以看作作者为《红楼梦》译评事业树立的一座里程碑，同时可以看作作者为中西文化交流事业树立的一座里程碑。

---

① 林以亮：《红楼梦西游记——细评红楼梦新英译》，经联出版事业公司 1976 年版，第 93 页。

② 曹雪芹著，大卫·霍克思译：《〈红楼梦〉汉英对照》，上海外语教育出版社 2012 年版，第 5 页。

第九章

第一部通俗易懂的脂批研究书

——孙逊著《红楼梦脂评初探》

梁归智著《红楼疑案：红楼梦探佚琐话》一书中说："脂批更是进行'探佚'不可或缺的宝贵资料。当然，脂批需要鉴别、研究——这已发展成'红学'的一个分支，即脂学。尽管脂砚斋、畸笏叟等人的年龄身份乃至性别等都还没有确定而言人人殊，却并不影响脂批的研究价值。……脂批的内容十分丰富。专门研究脂批的论文、著作也有不少，从普及角度看，首推上海古籍出版社 1981 年出版的孙逊著《红楼梦脂评初探》，虽然也难免某些时代的局限性，但仍是介绍脂批较全且通俗的一本书。其'脂批价值浅探'一章，从几个方面论述了脂批的内容与价值。可以说，几乎每一个方面都与'探佚'有直接或间接的关系。"① 梁归智主要从脂批对"探佚学"的"不可或缺"重要性方面谈到应该珍视这些宝贵资料，他同时提及了整理研究脂批形成了一门专学即"脂学"。

周汝昌提出红学有四大分科即"四学"，包括曹学、版本学、脂学、探佚学。他说："'脂学'是研究脂砚斋批注的学问，原来雪芹设计的定本，都带有'脂批'，为数极夥，虽系依附正文而存在，却是不容分割的'有机组成部分'。而早年不为研者重视，加上抄、印偷工减料，渐归湮没。但脂砚斋批注对作者、对书的旨义、对文笔的鉴赏、对难懂之点的揭露、对小说内容思想感情

① 梁归智：《红楼疑案：红楼梦探佚琐话》，中华书局 2008 年，第 32－34 页。

的共鸣与叹慨……无所不包，莫不十分重要。所以研究脂批，渐渐也成为专学。此学业并不像有人认为的是‘外’，而恰恰是‘作者本身’至关亲密切要的‘文献’‘文本’。由‘脂学’又引出一个‘探佚学’。此学同样十分之重要。”① 红学的“四学”说至今并未受到学界的普遍认同，不过大家对脂批的价值以及研究脂批的意义是有基本共识的。周汝昌主编的《红楼鞭影：中国当代红楼梦研究》一书就选录了孙逊著《红楼梦脂评初探》第三章，在《红楼鞭影》中题为《“脂评”思想艺术价值浅探》一文。《红楼鞭影》“凡例”（五）（六）（十）是这样说的：“红学，应以‘学’为主体，是学术研究的收获，价值在于创见、解决以前遗留的疑难问题，并起推动学术前进的积极建设性的论文，为入选的主要目标。……由于上条的宗旨可以推知：一般性的‘读后随感’，借题发挥、空泛的议论（非学术性论证）以及指责、批判、攻击他人的文字，概不入录。……本卷所反映的是红学在50年间逐步发展前进轨迹的梗概，入选论文取其原创性（首先提出的论点）、历史作用。原创性不一定‘十全十美’，不可能是‘句句真理’，美中不足之处，应以历史目光待之。”② 在周汝昌看来，入录《红楼鞭影》的这篇《“脂评”思想艺术价值浅探》是具有“原创性”以及“推动学术前进”作用的学术文章，这无疑也可以看作是对孙逊所著《红楼梦脂评初探》一书的肯定，因为该书五章总页数302页，其中第三章“脂评价值浅

---

① 周汝昌主编：《红楼鞭影：中国当代红楼梦研究》，北京师范大学出版社2003年，第17页。

② 周汝昌主编：《红楼鞭影：中国当代红楼梦研究》，北京师范大学出版社2003年，第1－2页。

探”部分从第78页至第260页（计183页），足足占了全书的百分之六十多的篇幅，可见作者在这部分内容上用力甚勤。当然，这也不免给读者以章节篇幅严重失衡之感。

梁归智在《红楼疑案：红楼梦探佚琐话》一书中“借花献佛”地借鉴了“脂评价值浅探”一章的层次标题，简要地说明了脂批在探佚方面的重要基础作用。这些标题分别是：（1）批语暗示了小说隐去的政治斗争“真事”；（2）批语透露了小说写传统家族衰亡史的讯息；（3）批语揭示了小说强烈的反传统的思想倾向；（4）批语反映了小说成书过程修改增删的点滴情况，并透露了小说八十回后情节发展的许多线索；（5）批语提供了作者及其家世生平的有关信息，并总结了小说的艺术特色。以上5个标题实际借用了“脂评价值浅探”一章内的7个标题内容，唯独删去了第8条内容。“脂评价值浅探”一章内8个标题如下：（1）评语暗示了小说隐去的政治斗争“真事”；（2）透露了小说写传统家族衰亡史的讯息评语；（3）评语揭示了小说强烈的反封建的思想倾向；（4）评语提供了作者及其家世生平的有关线条；（5）评语反映了小说成书过程修改增删的点滴情况；（6）评语透露了小说八十回后情节发展的大致轮廓；（7）评语总结了小说的艺术成就并提出了一些可贵的艺术见解；（8）评语佐证了胡适唯心论的谬误。[①] 梁归智借用时将第3条的“封建”一词改成了“传统”，将第6条的“大致轮廓”一词改成了“许多线索”，直接删去了第8条，因为第8条应该正是梁归智所说的“时代的局限性”，也正是周汝昌所强调的“美中不足之处，应以历史目光待之”吧！

① 孙逊：《红楼梦脂评初探》，上海古籍出版社1981年，第1－3页。

以下从“脂评价值浅探”一章“评语佐证了胡适唯心论的谬误”一节略摘取几处应属于“时代的局限性”的评述以供读者甄别判断：

1. 鲁迅在谈到他的小说《阿Q正传》问世后所引起的反响时曾指出：对于那种“一定要穿凿书上的谁，就是实际上的谁”的舆论，他只能感到“悲愤”。曹雪芹未能听到也未料到他身后会有这么多人对《红楼梦》进行这样的“穿凿”，否则他对“特种学者”胡适的考证大约也只能感到“悲愤”。这一点，倒是《红楼梦》的最早评论者脂砚斋等人不愧为作者的“知己”，他们写下的很有见地的批语，有力地证实了胡适唯心主义的谬论。(第247页)

2.【对“自传说”的当头棒喝】胡适从资产阶级唯心论出发，念念不忘《红楼梦》里的贾宝玉即作者曹雪芹，这在理论上是完全荒谬的，它根本违背了文艺创作中的典型化原则，混淆了艺术典型与生活原型的关系。毫无疑义，《红楼梦》确实概括了作者的大量生活经历，贾宝玉这个艺术典型有着作者自己的一些影子。但是，正如鲁迅先生所指出的，“纵使谁整个的进了小说，如果作者手腕高妙，作品久传的话，读者所见的就只是书中人，和这曾经实有的人倒不相干了。例如《红楼梦》里贾宝玉的模特儿是作者自己曹霑，《儒林外史》里马二先生的模特儿是冯执中，现在我们所觉得的却只是贾宝玉和马二先生，只有特种学者如胡适之流，这才把曹霑和冯执中念念不忘的记在心儿里”。(第247－348页)

3. 小说第十九回，在宝玉对茗烟说“可见他白认得你了，可怜，可怜”之后，庚辰本、戚本都有一双行夹批：

“按此书中写一宝玉，其宝玉之为人是我辈于书中见而知有此人，实未曾亲睹者。……不独于世上亲见这样的人不曾，即阅今古所有之小说传奇中，亦未见这样的文字。”这里，脂批明明告诉我们：宝玉这个人，实在他也未曾目睹过，只是“于书中见而知有此人”。脂砚斋说他在世上没有亲眼看见过这样的人，但言必称脂评的胡适却硬要断定此人即曹雪芹自己，这实在是莫大的讽刺。（第 250 页）

4. “五四”以后，胡适利用脂评，在破除对旧红学的迷信上有过一定的历史作用，这是我们应予以肯定的。但与此同时，他又歪曲脂评，建立起对新红学“自传说”的迷信，这又是我们必须予以澄清的。（第 260 页）

读者从以上评述可见，“评语佐证了胡适唯心论的谬误”一节集中批判了胡适在《红楼梦》研究上的“唯心主义”错误，批判的理论武器基本上是鲁迅的相关论述譬如关于艺术典型的观点。如果有人因此说《红楼梦脂评初探》一书“作者目光犀利”，其中一个主要原因正是基于模仿了鲁迅的口吻甚至借用了“特种学者”这类字眼的缘故。鲁迅因为是一位特立独行的思想家，他那独特的杂文文风往往使他的文章给人一种凌厉无比的“犀利感”。且看谢泳在《逝去的年代：中国自由知识分子的命运》（修订本）一书的《学术批评要与人为善》一文如何说：“说到学术批评中的人格问题，我以为还是要提倡胡适过去说过的话：政见可以不同，但我们不能轻易怀疑人家的人格。在学术批评中，我也认为失误可以随时指出，但不能因为小的失误就说人家的学术水平如何如何，这些都不是与人为善的做法。在学术批评中，我以为对于学者的失误，应当直接指出，最好是以更正的方式，最好不要用杂文的方式，更不要以自己的长处对别人的短处，所谓知人论世，在学术批评中，我以为主要是要顾及学者长期的学术努力，而不是一时一处的失误。”① 在学术批评中“最好不要用杂文的方式”，这样做显得不够厚道，严谨意义上说显得不够学术，什么“特种学者”“当头棒喝”“唯心主义的谬论”“莫大的讽刺”之类的说辞显然不是“与人为善”的学术批评态度，当然也谈不上对批评对象的“了解的同情”以及“温情的敬意”。

傅雷 1954 年致傅聪的信中谈及王国维著《人间词话》时说：“《人间词话》，青年们读得懂的太少了；肚里要不是先有上百首诗，几十首词，读此书也就无用。再说，目前的看法，王国维的美学是‘唯心’的；在此俞平伯‘大吃生活’之际，王国维也是受批判的对象。其实，唯心唯物不过是一物之两面，何必这样死拘！我个人认为中国有史以来，《人间词话》是最好的文学批评。开发性灵，此书等于一把金钥匙。一个人没有性灵，光谈理论，其不成为现代学究、当世腐儒、八股专家也鲜矣！为学最重要的是‘通’，通才能不拘泥，不迂腐，不酸，不八股；‘通’才能培养气节、胸襟、目光；‘通’才能成为‘大’，不大不博，便有坐井观天的危险。我始终认为弄学问也好，弄艺术也好，顶要紧是 human，要把一个‘人’尽量发展，没成为 × × 家 × × 家以前，先要学做人；否则那种 × × 家无论如何高明也不会对人类有多大贡献。这套话你从小听腻了，再听一遍恐怕更觉得烦了。”② 如果

---

① 谢泳：《逝去的年代：中国自由知识分子的命运》（修订本），福建教育出版社 2013 年版，第 229 页。

② 傅雷：《傅雷谈艺论学书简》，天津人民出版社 2012 年版，第 14 页。

说胡适在《红楼梦》研究上犯了不可原谅的“唯心主义”错误，那么脂批中大量谈文说艺之处同样犯有“唯心主义”的评点之弊，倘若如此这般地“死拘”的话，脂批值得研究的价值将会大打折扣了。倘若给脂批贴上“唯心”的标签而束之高阁，且不说它对于了解曹雪芹作者家世和小说情节发展线索方面的启示意义无从谈起，也必定会失去了一次“开发性灵”的机会。作者在《红楼梦脂评初探》一书“引言”中这样说：“全面地、系统地分析一下脂评，探讨其在资料、思想、艺术三方面的价值，这对研究曹雪芹和他的《红楼梦》无疑都具有极其重要的意义。……‘五四’以后，胡适新红学首先重视对脂评的研究，并在利用脂评破除对旧红学的迷信上起到一定的历史作用，但与此同时，他又歪曲脂评，建立起了对新红学‘自传说’的迷信。……经过批判胡适派的唯心论，对脂评的研究也随之逐步深入，并取得了一些可喜的成果。然而。由于脂评的名声在这个过程中也为胡适所累，对它的评价也就成了一个有争议的问题，以至时至今日，它还不时被论者判为‘反动’。究竟应该怎样正确地评价脂评？这实在是一个有待深入探讨的问题。同时，前一阶段有关脂评的研究虽然取得了一定成果，但多数还是偏重脂评所提供的有关作者家世和小说情节发展线索的勾稽，偏重诸如脂砚斋为谁等问题的探讨和各类评语的归类，相比之下，对脂评本身的思想艺术见解就探讨得还很不够。因此，在这方面，正有着大量的工作等着我们去做。”① 孙逊指出了时至今日的怪现象，即脂批还不时被论者判为“反动”（唯心的即是反动的），即便是如此现实环境下却并

① 孙逊：《红楼梦脂评初探》，上海古籍出版社 1981 年版，第 1－2 页。

没有阻挡《红楼梦脂评初探》一书撰著和出版的步伐，可见，彼时作者的学术勇气甚为可观。其实，傅雷说得很清楚了：唯心唯物不过是一物之两面，何必这样死拘！为学最重要的是“通”，通才能不拘泥，不迂腐，不酸，不八股；“通”才能培养气节、胸襟、目光；“通”才能成为“大”，不大不博，便有坐井观天的危险。傅雷说的这段话很有学者的大格局、大胸襟，不仅可以以此评价一个学者过去的学术工作得失，同样可以评价一个学者当下的学术工作得失，乃至其将来的学术工作得失。

当然，《红楼梦脂评初探》一书中所呈现出来的某些颇为“尴尬”的思想、观念、情感、好恶等不该成为影响读者保持一种“书海拾贝”的好心情的羁绊。因为，这是一部真正具有拓新意义的红学著述，它对于正在成型过程中的红学这一学科的学术建设毕竟做出了可贵的贡献，因此也一定会在红学史上占据应有的学术地位。

毋庸讳言，由于“历史的局限性”的缘故，《红楼梦脂评初探》一书作者在以上节录的第四条中对于胡适在红学上的学术贡献的评价毕竟过于简单了，这的确说明作者在红学史认知方面存在一定的局限性。笔者谨摘录一段陈平原对胡适红学的评价以供读者参考：“‘双线文学观念’为整个中国文学史的研究建立了新的理论框架，‘历史演进法’为章回小说的解读提供了有效的眼光与方法，‘《红楼梦》自传说’则为新红学的发展奠定了根基——这一叙述并不意味着三者的学术价值依次递减。实际上由于‘新红学’在20世纪中国学术界声名显赫，再加上读书人中‘嗜红成癖’者代不乏人，‘自传说’影响的深入和持久，甚至可能在前两者之上。今人开口说‘红楼’，多少总是将其曹雪芹的生平联系起在一起，这一‘共识’其实源于胡适的大胆假设。‘自传说’远不只是为《红楼梦》考订作者，更重要的是提供一种阅读趣味与研究思路。胡适‘介绍我自己的思想’时，喜欢强调其《红楼梦》考证教人思想与学问的方法；而几十年间红学界围绕胡适的风风雨雨，也都远远超越作者或版本的争辩，涉及不同的思想立场和学术思路。……不管是胡适本人还是论友论敌，都将‘自传说’作为《红楼梦》研究中这一新典范的核心。后世学者将胡、蔡之争作为‘真正的红学’的开端，正是看中‘自传说’挑战‘映射说’所代表的学术转型。相对来说，版本考订以及高鹗续书的评价，尽管对具体阅读可能更有意义，可在学术史上远不如前者有挑战性。因此，代表这一时期新典范的，只能是胡适的《〈红楼梦〉考证》，而不是俞平伯的《红楼梦辨》——后者对《红楼梦》本文的辨析以及高鹗续书的研究，明显比胡适精细……正因为胡适及其同道过于沉醉于在以作者家世证小说的成功，忽略了小说家‘假语村言’的权力，‘红学’逐渐蜕变为‘曹学’，‘自传说’引来越来越多的批评。50 年代初俞平伯对此有过认真的反省，承认‘《红楼梦》至多是自传性质的小说，不能把它径作为作者的传记行状看啊’。其实这种区别传记与小说的警惕，胡适等人当初未尝没有，只是‘拿证据来’的诱惑实在难以抗拒，这才有了‘红学’向‘曹学’的转变。”①

① 陈平原：《中国现代学术之建立——以章太炎、胡适之为中心》，北京大学出版社 2010 年第 2 版，第 182－184 页。

第十章

为了永远的纪念

——刘广定编著《王佩璋与红楼梦：一代才女研红遗珍》

2014 年 12 月 17 日，笔者给刘广定教授发去电邮，邀请他参加拟于 2015 年春由《中国矿业大学学报》编辑部主办的“纪念曹雪芹诞辰 300 周年学术研讨会”。12 月 18 日，刘广定教授回复：“我一向不同意 1715 年曹頫有遗腹子之说法，而认为曹雪芹生于 1711 年（请看两篇附文）。在此次会中发表不同看法，是否妥当？若您觉得无妨，至为乐意参加。”笔者回复道：“本届研讨会本旨即在各抒己见，先生之观点，但谈无妨，若能尽意，实为会议添彩！建议先生扣住会议议题，若将雪芹生卒问题置于百年红学历史过程反思，并提出振聋发聩之意见，乃最为乐意看到之景象也。”

12 月 18 日，从胡文彬先生电话中得知：刘广定将出版一部著作，专门谈论王佩璋。他同时告知笔者：希望香港的洪涛、复旦大学的陈维昭、台湾的刘广定等几位学者能够参加 2015 年春的这次学术研讨会，其中专门提到了刘广定教授。有趣的是，12 月 18 日晚，笔者收到刘广定教授发来的电邮：近日编成《王佩璋与红楼梦》一书，业已出版，拟寄上一册惠请指教，不知邮寄何处为宜？笔者看罢电邮，自然欣慰，此后不久便收到刘广定教授签名的《王佩璋与红楼梦》（里仁出版社 2014 年 11 月版），加之此前此后分别获赠的《读红一得》（北岳文艺出版社 2014 年 5 月版）和《化外谈红》（大安出版社 2006 年 7 月版）2 部，共计收到 3 部作者签名本研红著作，这 3 部著作可谓“化学人读红楼梦”的主要研红成果。所谓“化学人读红楼梦”之说，可参看《读红一得》一书第一篇《化学人读红楼梦》一文，该文道：“《红楼梦》是笔者六十年前初中时代就喜欢的读物。虽自1956年考进台湾大学化学系，毕业后赴美国进修，1970年返回母系任教，2006年退休后兼职授课到2011年，做了逾半个世纪的化学人，但未尝疏离此小说或与其相关的研究资料。引起笔者兴趣是因1958年秋，听了林语堂先生在台大法学院讲的‘平心论高鹗’。他认为全书一百二十回都是曹雪芹写的，也讲到胡适、俞平伯、周汝昌等先生的研究，并以‘纵然是糊涂了案，到底意难平’为结。当时觉得甚有启发性。又由于中学时曾听过潘重规先生公开演讲‘民族血泪铸成的红楼梦’，乃和胡、林两位见解又不同，而想到说不定自己将来也可做点有关的研究。职是之故，嗣后暇时，毕竟欣赏百二十回《红楼梦》的故事文本，也收集其他版本、书籍和阅读他人发表的研究文章。”[①]《红楼梦》这部小说的魅力之一即吸引了诸多专业或职业的读者不仅痴迷阅读而且热情研究，以至于“一朝入梦，终生难醒”！作为一位做了逾半个世纪的化学人，刘广定教授声称：“笔者谈红研红向重文本原典，不强作解人，也不盲从附会。解释或推理不违科学原则，立论则力求客观有据，以遵从科学研究之习惯。”[②] 笔者通读《王佩璋与红楼梦》《读红一得》《化外谈红》这3部著作之后，的确可以感受到作者的以上“声称”实在所言不虚。

“纪念曹雪芹诞辰300周年学术研讨会”于2015年3月28日

① 刘广定：《读红一得》，北岳文艺出版社2014年版，第1－2页。

② 刘广定：《读红一得》，北岳文艺出版社2014年版，第11页。

至29日顺利举办，会议结束的第二天即3月30日晚，笔者即收到师友转来的周文业教授连夜撰写的《徐州〈红楼梦〉研讨会随笔》一文。该文由于出于自己的观察和体验角度撰写而成，有些故事细节略有出入，且夹杂表达上的个人情绪成分，不过，并不影响全文的可读性。该文中曾谈及《王佩璋与红楼梦》一书："我早知刘广定大名，他有关《红楼梦》很多文章曾在大陆发表，但他主要研究曹雪芹身世，不研究版本，因此我都没有认真看过。我从我校段启明处得到刘广定的邮件地址，就给他发去一信，说明我的意思。……到徐州顺利见到刘广定，他是位待人十分恭敬的老学者，他在我的文稿上认真用笔做了修改。我赠送他一本《清华名师风采》文科卷，他很有兴趣。他送我一本《王佩璋与红楼梦》。"我早知王佩璋，她曾任俞平伯助手，是位很有成就的《红楼梦》研究学者，但大陆没有人整理她的文章，而由台湾刘广定来整理出版，这很奇怪。周文业教授为什么奇怪《王佩璋与红楼梦》一书由台湾刘广定来整理出版呢？在他看来，似乎内陆有人整理王佩璋的研红文章才顺理成章。其实，胡文彬先生很早便倡导并鼓励内陆红学中人整理王佩璋的研红文章，只是响应者寥寥罢了。尽管河南新乡红学会的张胜利女士2010年即接受胡文彬先生的建议开始关注王佩璋的研究，且于《红楼梦学刊》2012年第5期发表《红史新篇应有名——王佩璋与〈红楼梦〉研究》一文，可惜的是，张胜利著《魂系红楼——女性研红的先行者王佩璋》（万卷出版公司2017年7月）一书的出版毕竟晚于台湾刘广定著《王佩璋与红楼梦》一书2年又8个月。当然，这两部编著无疑均为百年红学史上红学学人研究的重要著述。

《王佩璋与红楼梦》一书由两部分构成：一部分是作者撰写

的3篇文章，一部分是王佩璋研红文录。作者撰写的3篇文章简要地梳理了有关王佩璋研究的文献资料，并对王佩璋的研红成就做了简要的评价，起到了阅读王佩璋研红文录的“导读”作用。王佩璋研红文录收录了11篇文章：(1)《红楼梦简说》(a)、《红楼梦简说》(b)；(2)《我们怎样读〈红楼梦〉》；(3)《〈红楼梦〉的思想性与艺术性》；(4)《新版〈红楼梦〉校评》；(5)《〈红楼梦〉评介》；(6)《王佩璋发言记录——1954年10月24日〈红楼梦〉研究座谈会》；(7)《我代俞平伯先生写了哪几篇文章》；(8)《谈俞平伯先生在〈红楼梦研究〉工作中的错误态度》；(9)《红楼梦校字记所用本子及其简称与说明》；(10)《〈红楼梦〉后四十回的作者问题》；(11)《曹雪芹的生卒年及其他》。王佩璋研红文录部分基本上收录了王佩璋生前所撰写的研红文字，不仅有助于读者的阅读和研究，也为红学史整理保存了一份可观的红学史料。此后出版的《魂系红楼——女性研红的先行者王佩璋》一书的内容就更加丰富了，从其“目录”皆可看得出：

成就述评编

红学史新篇应有名——王佩璋与《红楼梦》研究

王佩璋对曹雪芹卒年的考证及影响

《红楼梦八十回校本》简论

再论《红楼梦八十回校本》——以王佩璋与《校字记》为中心

论王佩璋对《红楼梦》甲辰本的研究

后四十回作者“非高非曹”说的当代意义——以王佩璋程甲、程乙本校勘为中心

“脂批不可尽信”“批者不可臆度”——王佩璋对脂批与批者的研究

红学因缘编

旷世师徒缘——王佩璋与俞平伯

“何其芳时代”的文学所——王佩璋的学术养成

深切的追怀——刘世德笔下的王佩璋

王佩璋与新红学——以核心观点的研究与发展为中心

王佩璋与张爱玲——以《红楼梦》版本考证为中心

海内外对王佩璋研红评价述要

生平史料编

王佩璋学术背景与生平简编

采访·回忆

1. 王佩璋的亲属

2. 王佩璋的领导与同事

有关王佩璋的几件事

1. 是谁引发了1954年的“《红楼梦》大讨论”运动?

2. 王佩璋“破坏革命生产”?

3. 王佩璋不愿去中华书局?

4. 王佩璋自杀身亡的时间

5. 投水自尽?终身未嫁?

没有结果的结束

红学遗著编

研红论文

新版《红楼梦》校评

《红楼梦》简说(a版)

《红楼梦》后四十回的作者问题

曹雪芹的生卒年及其他

曹雪芹的生卒年

关于“脂砚斋”和“畸笏叟”

《红楼梦甲辰本》琐谈

谈俞平伯先生在〈红楼梦研究〉工作中的错误态度

代写文章

《红楼梦》简说（b 版）

我们怎样读《红楼梦》

《红楼梦》的思想性与艺术性

《红楼梦》评介

我代俞平伯先生写了哪几篇文章

《魂系红楼——女性研红的先行者王佩璋》一书增加了的“生平史料编”“红学因缘编”两方面的内容，使读者更多地了解王佩璋其人以及她的红学经历。

《王佩璋与红楼梦》一书“代序”第二段谈及作者对王佩璋的印象，由此可见作者编著这部书的动机一直潜藏着：“笔者很早就知道王女士的大名。一九六〇年左右，曾在台北的东方书店买到一本香港友联出版社一九五五年出版的赵聪所著《俞平伯与〈红楼梦〉事件》小册，谈大陆一九五四年的文艺整风运动，其中有一节为‘王佩璋抨击新版红楼梦’。但当时对《红楼梦》的研究了解很少，该文也只说她当时刚从北大毕业，是俞平伯的助手，从事校勘《红楼梦》的工作，曾指出新版《红楼梦》有许多错误。如此而已。至于俞平伯的名字虽中学时代已读过他的《清真词释》和《读词偶得》，但有关他的《红楼梦》研究，则是一九五八年听林语堂先生讲‘平心论高鹗’时才知道的。唯一九七〇年后读到他的《红楼梦辨》及《红楼梦研究》时，印象并不好，觉得他翻来覆去，长篇大论都没说出什么令人信服的道理。一九八九年夏，去瑞典参加国际化学联盟的学术大会，返台途中到香港探望胞叔，并在旧书店购得《红楼梦问题讨论集》一集（一九五五年版），内有王佩璋女士一九五四年所写的《我代俞平伯先生写了哪几篇文章》和《谈俞平伯先生在〈红楼梦研究〉工作中的错误态度》两篇文章，前者说明她写过四篇文章由俞平伯署名发表，后者是对《红楼梦研究》的批评，甚佩服其观点与直言。一九九三年于北京中国书店觅得《红学三十年论文选编》下册（一九八四年版），又阅及她一九五七年所写《〈红楼梦〉后四十回的作者问题》，更觉得其当年的见解实已超越其后三十年来的许多‘红学家’。当时一直纳闷：为何此人后来不见踪迹，《红楼梦》辞典中也无所记载？曾有一探究竟之思，唯蹉跎时日，延宕至今。”① 由以上陈述可知：（1）作者留意王佩璋由来已久，读其文甚佩服其观点与直言。（2）作者立意编著《王佩璋与红楼梦》是在宽慰其“压在纸背的心情”，实乃有感而发，并非完成一项课题任务。（3）《红楼梦问题讨论集》和《红学三十年论文选编》都是《红楼梦》研究论文汇编，其中文章影响了作者（它们的实际影响力更大）。（4）《〈红楼梦〉后四十回的作者问题》一文的见解已超越此后三十年来的许多“红学家”。（5）《红楼梦》辞典中并无王佩璋红学业绩的记载，不知何故？（譬如由冯

① 刘广定：《王佩璋与红楼梦》，里仁出版社 2014 年版，第 1－2 页。

其庸和李希凡主编的颇具影响力的《红楼梦大辞典》为什么不收王佩璋呢?)(6)为什么王佩璋的后来踪迹难寻呢?以上诸方面的解读有助于全面深入地了解和把握《王佩璋与红楼梦》一书编著的动机和旨趣，并且有助于客观准确地认识和评价该编著的学术史价值。

为何此人后来不见踪迹了呢?《魂系红楼——女性研红的先行者王佩璋》一书的作者有着同样的疑惑:“20世纪80年代初，笔者购得一套人民文学出版社的《红楼梦八十回校本》。翻开书的扉页，在‘曹雪芹著’‘俞平伯校订’的后边还有一行字:‘王惜时参校’。每次看到这行字，心中便会升起一个疑团:这位参与俞平伯先生校订《红楼梦》的学者到底是何人?”[1] 其实，王佩璋并未真正被红学研究者完全忽略，尽管不少人的确并不了解她的详细生平以及她在《红楼梦》研究上的贡献。譬如孙玉明著《红学:1954》(北京图书馆出版社2003年版)第九章第五节“王佩璋的人生悲歌”简要地梳理了王佩璋的学术经历。白盾、汪大白著《红楼争鸣二百年》(天津人民出版社2007年版)第三章第一节中有“王佩璋与红楼三论”专题，简要地评介了王佩璋的三篇文章即《〈红楼梦〉简说》《〈红楼梦〉的思想性与艺术性》《〈红楼梦〉评介》等。直至刘广定著《王佩璋与红楼梦》一书和张胜利著《魂系红楼——女性研红的先行者王佩璋》一书的出版，尤其王佩璋在《红楼梦》研究上的贡献被重新认识和评价，观其文则可知其人应在百年红学史上占有一席之地。

---

① 张胜利:《魂系红楼——女性研红的先行者王佩璋》，万卷出版公司2017年版，第3页。

《王佩璋与红楼梦》一书对王佩璋的红学贡献如此评说："上述王佩璋在'红楼梦研究'的成就，可分为两方面：一是小说文本之句读与校勘，另一是某些问题的学术研究。前者包括（一）中所指出汪静之校点的《红楼梦》中有上千个错误，及（二）对前八十回做了逾万项校勘，相信都曾是后之其他《红楼梦》点校者的重要参考资料。以王佩璋的成果为基础当可减轻许多工作负担，唯未见有向她致意者，能不为之一作不平之吗？后者之中有几个原创性的新观点。……她的研究成果显示，这位北大毕业不到四年的青年才俊，在所涉之《红楼梦》研究上的成就至少已可与俞平伯、王利器和周汝昌等并驾齐驱。若胡适之先生看过上述这几篇文章，应不至于称她'妄人'了吧。笔者尝遐思：假如王佩璋女士在那荒谬的时代未受迫害，而在文学研究所继续研红，必能利用前段所述新出资料，充实及推展其初步研究成果，更上一层楼；不出几年，无人能及矣！然世事是不可逆的，只好怨恨天嫉英才了。"① 以上对于王佩璋红学成就的评价堪称惊世骇俗了，譬如对其"初步研究成果"的"并驾齐驱"之说显然带有明显的个人喜好的成分了。不过，作为一家之言尚可备存参考。至于"不出几年，无人能及矣"的推测性判断则并不可取，显然是"出位之思"了。一位信守科学原则的学者，为什么竟有如此"出位之思"呢？一方面即谴责迫害王佩璋女士的荒谬时代过于激越所致，另一方面则因过于痛惜王佩璋女士这一不世之才的过早陨落所致。总之，作者"压在纸背的心情"如浓重云雾笼罩着全书，读者如若不信，可以细心体味。

① 刘广定：《王佩璋与红楼梦》，里仁出版社 2014 年版，第 40－42 页。

两书对比合观，《魂系红楼——女性研红的先行者王佩璋》一书关于王佩璋的红学贡献的评述则相对平实："王佩璋自1953年北大中文系毕业至1957年上半年的近四年时间内，署名发表于执笔代写的文章共十二篇（按单篇计）；参加了红学版本史上首部脂本汇校本《红楼梦八十回校本》的校勘工作；留下了两次学术研讨会上的发言记录。在新中国成立伊始的红学研究中，王佩璋主要进行了几个方面的工作：1. 对《红楼梦》的版本，包括抄本与刻本的校勘、校评；2. 新中国成立初期对《红楼梦》原著的评介与对外宣传；3. 对后四十回作者的研究；4. 对曹雪芹生卒年、脂批与批者的考证；5. 对甲辰本的校勘、分析与考辨。其中关于后四十回作者、程本系统诸本的比较、甲辰本的研究以及将马克思主义文艺理论运用到红学研究中等方面，均具有抛砖引玉、开创性的学术价值，在当时红学史上留下了浓重的一笔。我们今天来看王佩璋在20世纪50年代的红学研究，明显还未完全脱离其师从俞平伯先生的'新红学'的考证研究方法，同时无疑带有历史的局限性与资料的缺失性。如，1959年发现的梦稿本、1961年发现的蒙府藏本、1962年发现的列藏本等重要抄本，王佩璋很可能都没有机会看到。当时她的红学研究刚刚进入学术观点的提出阶段，还未来得及进行深入全面的研究论证，还未形成相应的学术理论体系，便像她最后一篇论文的结束语一样'戛然而止'了。"① 以上关于王佩璋红学贡献的得失评价是否更客观些呢？读者可以参阅王佩璋的研红文章做出自己的评价，似应结合

① 张胜利：《魂系红楼——女性研红的先行者王佩璋》，万卷出版公司2017年版，第13页。

那一时代的红学研究的整体水平作出客观评价，同时似应置于百年红学史的整体水平做出客观评价。李敖曾在《胡适研究》书中《为〈播种者胡适〉翻旧账》一文说："我认为任何历史人物的功罪都该有一番'完满解释'。该是他的，就给他；不该是他的，就不给。在给与不给之间，居功言罪当然不完全是他'个人所得'。在社会中，人与人的影响是交互的：其功既有同谋，其罪亦有共犯，从事历史的解释的人必须把握这一点。"① 由此言之，当王佩璋走进了红学中人的视野之际，该属于她的红学贡献一定给她，这是对红学史负责的态度。

刘广定教授在《王佩璋与红楼梦》一书"后记"中说："为了纪念六十年前曾在大陆红学界昙花一现的王佩璋女士，笔者不揣谫陋，将两篇芜文与可寻得王女士之作品，汇集成册，献给相关人士以及喜爱《红楼梦》小说的作者。"② 王佩璋女士的作品已经汇集成册，这是王佩璋的幸事，也这是红学界的幸事，更是《王佩璋与红楼梦》一书的价值所在。为了永远的纪念不该成为《王佩璋与红楼梦》一书的终极目的，纪念之后的深入研究正需要花费一定的精力。

---

① 李敖：《胡适研究》，时代文艺出版社 2012 年版，第 44 页。
② 刘广定：《王佩璋与红楼梦》，里仁出版社 2014 年版，第 225 页。

第十一章

红学资料汇编的新成果

——吕启祥、林东海主编《红楼梦研究稀见资料汇编》

吕启祥、林东海主编《红楼梦研究稀见资料汇编》（以下简称《汇编》）由人民文学出版社2001年初版，2006年第2版，2015年第2版增订本，至今已广为流播。

《红楼梦研究稀见资料汇编》"前言"道："本书所涵盖的时段已如上述，为本世纪上半叶，大体上自1911年至1949年。此前清代的《红楼梦》研究资料已由一粟所编《红楼梦卷》汇集，该书广搜精选，功力深湛，早已成为研红必备之书。"① 一粟编《红楼梦卷》由中华书局于1963年出版，已经成为《红楼梦》研究的重要参考书。另一部受一粟所编《红楼梦卷》影响编成的"研红必备之书"即朱一玄编《红楼梦资料汇编》，由南开大学出版社1985年出版。该汇编在体例和取材方面各有侧重，尤其分类编排所收资料，如"作者编""版本编""评论编""影响编"等，最方便读者阅读。此外，尚有三种论文选编颇具影响：胡文彬、周雷编《台湾红学论文选》（百花文艺出版社1981年版）和《香港红学论文选》（百花文艺出版社1982年版）、刘梦溪编《红学三十年论文选编》（百花文艺出版社1984年版），其中《红学三十年论文选编》采取分类编排，如"时代环境研究之部""家世生平研究之部""世界观与创作研究之部""作品综合研究之

① 吕启祥、林东海主编：《红楼梦研究稀见资料汇编》，人民文学出版社2006年第2版，第2页。

部”“思想主题研究之部”“人物形象研究之部”“艺术技巧研究之部”“红学比较研究之部”“版本演变研究之部”“脂砚斋评语研究之部”“程高补作研究之部”“红学史论之部”等12编，尤其方便读者阅读。以上数种《红楼梦》研究资料汇编（选编）均为研红必备之书，其学术文献价值至今可观。

《红楼梦研究稀见资料汇编》的显著特点是资料的“稀见性”。该《汇编》所录文章大都散见于各地报章杂志，如“凡例”所说“多属稀见资料”，不仅一般读者很难查阅，即便专门研究者也难得一见。据该《汇编》“前言”称：“本书所收录的一百余位作者的约三百篇文章，占到我们所及见的五百篇的大部，未收入的除去上文说明的几位大家而外，数量已不多；况且其中有些是因旧时尤其是抗战时期报刊纸张印刷皆差，实在无法看清楚而不得不舍弃。”[①] 该《汇编》且附录270余篇的“红楼梦研究稀见资料汇编未收论文索引”，方便读者查阅（《〈红楼梦研究稀见资料汇编〉未收篇目索引》又曾刊于《红楼梦学刊》2002年第三辑）。可以说，即便在中文数据库检索极为方便的今天，《红楼梦研究稀见资料汇编》所收录的相当数量的资料并不容易查询获取，其“稀见性”亦由此可见。

《红楼梦研究稀见资料汇编》的另一突出特点即大体呈现了民国红学的景观风貌。该《汇编》“前言”说：“我们编就这部《红楼梦稀见资料汇编》面世，相信这是一件有意义的事情。因为，在那个时代红学虽则远不如当代之‘显’，但同样为人们关

① 吕启祥、林东海主编：《红楼梦研究稀见资料汇编》，人民文学出版社2006年第2版，第3页。

注和爱重。当时的人们对《红楼梦》的观感和见解自有其独特之处，作为一段历史是不可复现不能代替的；因而，不仅治红学学术史者应当了解，即便是普通的读者和研究者，也可以从中得到启示和借鉴。……本世纪上半叶单本的红学著作很少，我们希望借助这里提供的散见于报刊的几百篇文章，加上人们熟知的名家论著，得以大致复现这一时期《红楼梦》研究的真实面貌。”① 编者的学术用心可嘉，读者由此《汇编》获益匪浅，无论普通的读者或者《红楼梦》研究者，显然都可以从中得到许多启示和借鉴。该《汇编》不仅对于治红学学术史者必不可少，并且对红楼文献学的建构以及红学学科的建设同样是不可或缺的。笔者认为：“民国学术是中国现代学术的开端，民国红学则是民国学术的一部分。民国红学无疑是红学发展史上的一个特殊时期或阶段，这一特殊时期或阶段的红学成果和业绩显然可以成为当今红学转型期的红学史建构、红楼梦文献学建构、红学学科建设的基础性文献以及最有价值的观照对象。”② 如果将《红楼梦研究稀见资料汇编》与近年出版的王振良编《民国红学要籍汇刊》（南开大学出版社 2017 年版）合观，即可见民国红学之大观气象了。

苗怀明在《读红学新著札记（一）回到历史的原点：读〈红楼梦研究稀见资料汇编〉札记》一文中说：“尽管红学早已成为一门显学，参与者众多，但直到目前为止，我们甚至还没有一份收录完备的红学研究论著论文目录，而这恰恰是此类著述应作的基本工作之一。不少著作只是在书后列出一个十分粗略的参考书

① 吕启祥、林东海主编：《红楼梦研究稀见资料汇编》，人民文学出版社 2006 年第 2 版，第 1－3 页。

② 高淮生：《红学学案启思录》，阅文出版社 2019 年版，第 55 页。

目（《红学》是一个例外），大多未能列出一份反映一定阶段研究状况的红学研究书目或论文目录；同时，不少研究者掌握资料较少，涉及面较窄，全书只有几个关键点、几个重要人物的论述，缺少面上的整体把握，无法反映红学发展的全貌，一部红学史成了王国维、胡适、俞平伯、周汝昌等著名红学家的学术传记。点固然可以连成线，连成红学发展历程的主线，但成不了面，无法再现红学发展的整体景观。在红学研究的历史上，像胡适、俞平伯这些学术名家的贡献固然应该给予特别重要的评价，置于十分醒目的位置，但整个红学的发展是建立在所有研究者合力推动的基础上。而且由于《红楼梦》研究在近现代社会文化生活中的特殊地位，它已经在某种程度上成为审视近现代学术发展的一个重要窗口，因此，对近百年红学研究的整体观照就显得十分重要。但这个由合力形成的学术景观恰恰容易为研究者所忽略，有些红学史研究著作也因此而失去其重要的学术价值。也正是为此，《红楼梦研究稀见资料汇编》一书的出版才显得具有特别重要的学术意义。"[①] 苗怀明的评论具有学术史视野，他看到了《红楼梦研究稀见资料汇编》一书在百年红学研究的整体观照上的特殊意义，尤为中肯。

笔者曾在刊发于《曹雪芹研究》2012 年第 1 辑的《凭君"探源"何其难　寻得"真貌"费思量——关于开拓〈红楼梦〉程本研究学术空间的思考》一文中谈及《红楼梦》研究资料汇编在拓展红学发展的学术空间方面的价值和意义。拙文提出的基本

① 苗怀明：《读红学新著札记（一）回到历史的原点：读〈红楼梦研究稀见资料汇编〉札记》，《博览群书》2002 年第 9 期。

观点大都与《红楼梦》研究文献资料有关即一方面考辨新资料，复垦旧文献；另一方面汇编旧文献，撰著新史述。笔者在谈及这另一方面时说："从红学发展的历程上看，汇编旧文献与撰著新史述是两项密不可分的工作，汇编旧文献是红学发展的前提和基础，撰著新史述则是为了红学进一步发展的总结和提高。这两项学术工作不仅具有培养普通读者的积极意义和作用，同时具有培养红学研究者的积极意义和作用。笔者以为，当前和今后相当的时期内，围绕着程本作者、版本、续书以及思想和艺术等相关话题的文献研究、文本研究以及学术史研究方面至少应该编著以下多种著述：(1)《概论》《通论》；(2)《通史》《专史》；(3)《资料汇编》；(4)《研究书目》；(5)《编年事辑》；(6)《词典》；等等。笔者坚信，汇编旧文献与撰著新史述的两项学术工作做好了、做充分了，不仅有助于提升普通读者的《红楼梦》鉴赏水平以及对于红学的研究兴趣，而且，更有助于提高研究者的学术水平和学术眼光。同时，那些无谓的意气之争可能就会少得多，学术风气也会好得多。"① 该文所谈及的汇编旧文献的好处有三点：一则有助于提升普通读者的《红楼梦》鉴赏水平；二则有助于提高研究者的学术水平和学术眼光；三则有助于改善学术风气。若与前文所谈及的有助于治红学学术史、有助于红楼文献学建构和红学学科建设等方面合而观之，读者可以看出编辑整理诸如《红楼梦研究稀见资料汇编》《红楼梦卷》《红楼梦资料汇编》之类的文献资料汇编真可谓功莫大焉！

① 高淮生：《凭君"探源"何其难　寻得"真貌"费思量——关于开拓〈红楼梦〉程本研究学术空间的思考》，《曹雪芹研究》2012年第1辑。

红学研究者中不乏特别关注《红楼梦》研究文献整理者，譬如周策纵就是其中一位颇有想法者，他说："就算中国人自己研究《红楼梦》，最重要的还是资料的掌握和集合……我希望各位都能作出更有系统的收集，建立一所和莎士比亚纪念图书馆媲美的'红楼梦研究图书馆'和'博物馆'。"① 周策纵的设想是可取的，遗憾的是至今难以实现而已，非不能也，是不为也。那么，建立《红楼梦》研究"博物馆"果真有必要吗？先来看周策纵在《文史杂谈》一书中如何说："我觉得在做学问上，有两个基本的问题。一个是材料的充分掌握，还有一个是材料的充分理解。……做学问就是先把每一个重要的具体问题都解决了，在所能掌握的已有材料的基础上再建一个完美图景。"② 可见，这第一方面的必要性体现在对于学术研究譬如红学研究的重要性上，"材料的充分理解"是建立在"材料的充分掌握"之上的，这两个基本的问题正好比哲学上的物质第一性和精神第二性的关系。至于第二方面的必要性应该体现在对于红学学科建设的重要性上，众所周知，红学已经是一门世界性的"显学"，并且又是最中国化的一门学问，《红楼梦》研究"博物馆"的建立显然有益于红学作为世界性"显学"的长远发展。《红楼梦》研究文献积累和整理越充分，红学也将越有生命力。当然，《红楼梦》研究"博物馆"建立的重要性显然并不仅限于以上两方面，此处不再赘述。

值得一提的是，笔者在撰写《凭君"探源"何其难　寻得

---

① 周策纵：《红楼梦案——周策纵论红楼梦》，文化艺术出版社2005年版，第371页。

② 周策纵：《文史杂谈》，世界图书出版公司北京公司2014年版，第67－68页。

"真貌"费思量——关于开拓〈红楼梦〉程本研究学术空间的思考》一文时曾受到过周策纵关于建立"《红楼梦》研究博物馆"设想的启发，谈了自己的一些想法："为了程本研究的健康发展，迫切需要整理汇编的文献著述诸如《程本研究通史》与《程本研究专史》（应包括《程本版本流变史》《程本研究编年史》《程本作者年表》《程本传播史》《程本接受史》《程本公案史》《程本研究学案》等）、各种文献资料汇编（应包括《程本汇校汇评本》《程本文献研究汇编》《程本文本研究汇编》《程本研究资料目录汇编》《程本研究书目汇编》《程本比较研究论集》《海外程本研究论集》《港台程本研究论集》等）。可以肯定地说，从整个学术发展史上来看，留下恒久价值的文献正是这些长用而不衰的文献汇编和史述。"[①] 尽管笔者当时的想法主要是就《红楼梦》程本研究提出的，也可以作红学研究的整体观。

《红楼梦研究稀见资料汇编》再一个值得注意的特点即《汇编》"前言"的导读性与学术性的兼顾。宋广波在《〈红楼梦研究稀见资料汇编〉评介》一文中谈及《汇编》具有"提要性"的特点："《红楼梦研究稀见资料汇编》所反映当时红学发展情状，该书《前言》阐述颇为精详。这篇《前言》，可以说是解读这本书的一个提要。"[②] 所谓"提要"即摘出要领或提出要点，这方面的"导读性"是显而易见的。其实，这篇《前言》不仅在摘出要领或提出要点上体现其"导读性"，更在于提出编者自己的观点以及作出自己的分析以体现其"导读性"，即兼顾了导读性

① 高淮生：《凭君"探源"何其难　寻得"真貌"费思量——关于开拓〈红楼梦〉程本研究学术空间的思考》，《曹雪芹研究》2012 年第 1 辑。

② 宋广波：《〈红楼梦研究稀见资料汇编〉评介》，《红楼梦学刊》2002 年第 3 辑。

与学术性两方面。《红楼梦研究稀见资料汇编》的这一特点要比前文所列举的诸种《红楼梦》研究资料汇编或选编中显得更为突出，这是今后做资料长编工作应该汲取的经验。

值得一提的是，“汇编”要比“选编”的劳动量大得多，的确需要“上穷碧落下黄泉，动手动脚找东西”之功夫才能更好地造福读者（包括研究者）。刘梦溪在《红学三十年论文选编》“前言”中说：“我编选这部《红学三十年论文选编》的目的，主要是想把1949年以来《红楼梦》研究的成果能够比较集中地反映出来，给1949年后的红学勾勒一个大致的轮廓，为研究红学和虽不研究红学但却对红学感兴趣的同志，提供了解情况和进行探讨的客观材料基础。因此在指导思想上，就要求选得尽量全面一些，有关曹雪芹和《红楼梦》研究的各个侧面最好都包括在内。另一方面，既然是选编，不是汇编，所收文章就应该比较精粹，即把那些真正优秀的有理论价值和学术价值的论文选进来。一要比较全，二要比较精，这两者之间实际上是有矛盾的，进行这项工作的困难之处就在这里。”[①] 刘梦溪所说的“困难之处”即兼顾“比较全”和“比较精”方面至少在资料长编即汇编工作中并不显得那么突出，“汇”者，会合积聚之谓，最注重资料收录的“全”字上，若从这方面衡量《红楼梦研究稀见资料汇编》一书，仍不免遗珍之憾。当然，若从大致复现这一时期《红楼梦》研究的真实面貌方面考量，显然又不该对《红楼梦研究稀见资料汇编》求全责备了。

---

① 刘梦溪：《红学三十年论文选编》，百花文艺出版社1984年，第3页。

第十二章

传真写梦发幽微

——周汝昌著《曹雪芹小传》

周汝昌著《曹雪芹小传》由百花文艺出版社于1980年4月出版，周策纵作序，这是“二周”订交不久的一次愉快的学术交往，周策纵称为“墨缘”。周策纵说：“现在这空前的国际《红楼梦》研讨会议即将在美国召开，并已邀请汝昌和世界各地其他红学专家前来出席。恰好他的《曹雪芹小传》也要出版了，我且匆匆写下了一首小诗，来表示预祝这两件盛事，并且用来结束这篇序言：传真写梦发幽微，掷笔堪惊是或非。百世赏心风雨后，半生磨血薜萝依。前村水出喧鱼乐，野浦云留待雁归。且与先期会瀛海，论红同绝几千韦。”① 周策纵的红学影响是与他成功地筹划1980年6月于美国威斯康星召开的首届国际《红楼梦》学术研讨会有直接关系，这是一次红学国际交流的盛会。黄霖说：“他不辞辛劳，奔走海外，主办了两次举世瞩目的《红楼梦》国际学术会议，使‘《红楼梦》一书之光焰如日中天’。仅凭此一点，周先生在红学史上也就不能不令人瞩目了。”② 笔者曾在综论周策纵的红学研究业绩的文章中说：“‘两周’（周策纵和周汝昌）交谊关乎红学。”③ 周策纵为《曹雪芹小传》作序显然有助于这部人物传记的传播，周汝昌对此自然心领神会。周汝昌念念不忘地说：

---

① 周汝昌：《曹雪芹小传》，百花文艺出版社1980年版，第14页。

② 黄霖：《微澜集——黄霖序跋书评选》，凤凰出版社2011年版，第140页。

③ 高淮生：《陌地生痴心但求解味，白头存一念推广红学：周策纵的红学研究——港台及海外学人的红学研究综论之四》，《河南教育学院学报》2013年第5期。

"《小传》卷首，即他赐序，为红学史上一重要文章……他在序中首次提出了雪芹书中的'痴'义，是受晋代阮氏诸贤的影响。在他的启示下，我于一九八六年重到'陌地生'而撰作《红楼梦与中华文化》时，便特设了专章细论这个重要的文化精神问题。"①"陌地生"即周策纵的居住地，他关于《红楼梦》"痴"字奥义的阐发直接启发了周汝昌。

周汝昌在《曹雪芹小传》"总序"中说："《曹雪芹小传》出版于1980年，原是《曹雪芹》（1964，作家出版社）的修订扩充之本。雪芹的家世，已由《新证》考订粗备，而生平则史料奇缺，本是无法成'传'的，但为了填补这一巨大而重要的空白，'知其不可为而强为'，勉力以赴，勾勒出一个'聊胜于无'的轮廓来。书出后颇获专家学者的奖许与鼓励，于是方悟此一主题虽然探讨起来困难万分，却是值得继续努力的一项'扛鼎'之重任与盛业。上文已述，《新证》虽然'曹学'成分很重，实质是文、史、哲综合型论著。因此可以说'曹学'的正是成型，应以《小传》为其代表。"②"总序"这段话谈了几个关键之处：一是曹雪芹生平史料奇缺，只能勉力勾勒出一个"聊胜于无"的轮廓；二则为曹雪芹作传是一项"扛鼎"盛业，值得勉力而为之；三则《曹雪芹小传》堪称"曹学"的代表性成果。对于以上三个关键之处，能够真正理解且认同者并非多数，其中的缘故既有对"曹学"认知上的差异，也难免非学术的人事方面的纠葛。

周策纵对《曹雪芹小传》作者周汝昌的"了解的同情"则尤

① 周汝昌：《天地人我》，江苏文艺出版社2011年版，第350页。

② 周汝昌：《曹雪芹小传》，华艺出版社1998年版，第1－2页。

其值得一提，他说："大家都明白，我们对曹雪芹这位大作家的一生是知道得太少了。我们不但没有足够的材料来写一部完整的曹雪芹传，就连许多最基本的传记材料，如他的生卒年，父母到底是谁，一生大部分有什么活动，到今天还成为争论的问题，或停留在摸索的阶段。事实上，世界几个最伟大的文学家的生平毕竟如何，也往往令人茫茫然：像荷马与屈原，也许是由于时代太久远了，缺乏详细记载；但莎士比亚（1564—1616）比曹雪芹只早生一百多年，已近于中国的明朝末期，到今天大家对他也不是知道得很清楚，甚至有人还在说，那些戏剧都不是他作的。也许这些大家在生时正由于不受统治集团和世俗的重视，才有机会独行其是，发挥一种挑战和反叛的精神，创作出不朽的巨著吧。这样说来，好像越是写最伟大的作家的传记，越会遭遇到最大的困难。曹雪芹就是一个很好的例子。因此我希望读者们在读这小传之前，首先要想到著者所面临的是何等的一个极端棘手的难题。"① 由以上所谈可以看出，周策纵正因为深知"曹学"中有关作者曹雪芹生平家世的难题何等棘手，所以才毫无保留地欣赏周汝昌知难而上的学术勇气，他们之间的交谊显然已经超越了一般的朋友情谊。

周策纵认为："我觉得汝昌写这小传时，却采取另一种很明智的态度。他把我们所已确知有关曹雪芹的一鳞半爪，镶嵌熔铸进他所处的社会、政治、文化和文学艺术的环境里，用烘云托月的手法，衬出一幅相当可靠而可观的远景和轮廓来。他所描写的清代制度，康熙、雍正、乾隆时代的政治演变和风俗习惯，都详

① 周汝昌：《曹雪芹小传》，华艺出版社 1998 年版，第 1 页。

征史实；对于曹雪芹身世的考证，比较起来也最是审慎；大凡假设、推断、揣测之处，也多明白指出，留待读者判断，好作进一步探索。这种以严密的实证配合审慎的想象来灵活处理，我认为是我们目前写曹雪芹传唯一可取的态度。”①《曹雪芹小传》采取了“很明智的态度”且是“唯一可取的态度”，这番评价何其难得！这无疑可以看作是对周汝昌的学术成果的肯定和激励。当然，同时也明确地表达了周策纵自己在曹雪芹传记写作方面的一种明智的学术见解。

周策纵在进一步表达自己的见解的同时也明确指出了《曹雪芹小传》的缺陷和不足：“曹雪芹是个非常渊博精深的作家，他的思想、艺术和人格，浸润着整个中国的深厚文化成就。我们如要充分了解他的作品和为人，也就非从多方面深入追索不可。换句话说，我们如果不从历史、哲学、政治、经济、社会、文化、文学、艺术，以至制度和风俗习惯等各方面的传统来研究，那我们对曹雪芹和《红楼梦》恐怕是不能充分了解的。就这一未必人人都能见到的观点说，我觉得汝昌这《小传》和他的《新证》却都开了好些端绪，说明他的理解早已洞见及此。有时候，他为了要了解曹雪芹更多一点，而直接证据不足，也就像我们每个人一样，都想多推测一些，亦在所难免。但他所指出的多可发人深省。”② 周策纵所说的因“直接证据不足”而“想多推测一些”不仅是《曹雪芹小传》难以避免，但凡做曹雪芹传记者都难以避免。正如樊志斌在《曹雪芹传》“引言”中所说：“除周汝昌的

① 周汝昌：《曹雪芹小传》，华艺出版社 1998 年版，第 1－2 页。
② 周汝昌：《曹雪芹小传》，华艺出版社 1998 年版，第 10－11 页。

《曹雪芹小传》外，曾保泉有《曹雪芹与北京》、李广柏有《曹雪芹评传》。小说家也参与进来，高阳创作了《曹雪芹别传》，端木蕻良则有《曹雪芹》一书。已有的著作，为后来人的研究和写作奠定了坚实的基础。但是，也存在一定的问题。除吴恩裕外，研究者多排斥民间口碑资料，认为其中虚妄信息不少，然而，我们平时常引为证据的文人笔记所提供的信息，跟口碑资料相比，也难称准确，甚至政府官书中的记载也历来为人们所诟病。资料的存在是一个客观的问题，如何使用和研究，则在于研究者的学识与眼力。学识、眼力不同，从而引发学术争议，进而从各个角度推动学术的研究。当我们把有关曹雪芹的文献资料、口碑资料综合起来分析，就会发现，祖宗留给我们的有关曹雪芹生平的信息并不少。如果我们能够再了解曹雪芹生活时代的社会背景，结合各种资料，对他的个人素养、生活情况、娱乐方式进行考察，一个有立体感的曹雪芹，就会比较清晰地站在人们面前——虽然这个形象的一些细节还有些模糊。每个研究者都清楚地知道，在当前情况下，没有任何一部曹雪芹的传记不会引起争议。但是，伸向远方的路需要不断有人来探索。即便走错了，他也证明有一条路不通。何况他还有踏上前路的可能呢！”[①] 既然没有任何一部曹雪芹的传记不会引起争议，那么，求全责备任何一部已经出版的曹雪芹传记也就显得不够明智了，明智的态度是“了解的同情”并善待这部“相对精善”的曹雪芹传记，《曹雪芹小传》正是这样一部传记。

梁归智对《曹雪芹小传》的评价则别有一番见识，他在《凸

① 樊志斌：《曹雪芹传》，中华书局 2012 年版，第 4－5 页。

显出中华文化的浮雕——读〈曹雪芹新传〉》一文中说："周汝昌从《〈红楼梦〉新证》时代起，就被目为'曹学家'。这个'雅号'一度有嘲弄意味，讥他治学重点偏颇，重了曹雪芹的'家世'，轻了《红楼梦》的'文本'。随着时间的推移和周氏研红实绩的展示，这种偏见已经逐渐烟消云散了。'作者'和'文本'曹雪芹和《红楼梦》，本来是不可以割裂的。这一'辩证的'识解由于进入了文化的层次而更显示了深度。曹雪芹是中华文化的冠冕，《红楼梦》是中华文化的精光。曹雪芹——《红楼梦》——中华文化，真像基督教文化里的圣父——圣子——圣灵，是'三位一体'的。周汝昌切按住这个关穴点，攻关犯难，'用书册的形式研究介绍曹雪芹'，一共三次。80年代初的《曹雪芹小传》是在60年代的《曹雪芹》基础上加工重写的，其'质的飞跃'有目共睹。90年代初，作者又应外文出版社之约，以'外国读者'为对象，写出来《曹雪芹新传》。不过，《新传》与《小传》，却是两种完全独立的书，它们互相补充印证，但不能彼此取代。《新传》不是《小传》的变形或重复，而是可以与《小传》并列共传的又一册杰作。如果说《小传》有更强的'科学性'，那么《新传》则有更多的'艺术性'。"① 尽管都是为了"读其书，想见其为人"而著，《曹雪芹新传》作为"外国读者"的普及读物足以起到《曹雪芹小传》难以企及的传播效果。不过，从红学书评的立意而言，《小传》则因其具有更强的"科学性"而理应首选以介绍给读者尤其是研究者。值得关注的是，梁归智似乎更乐于表彰带有更多"艺术性"的《曹雪芹新传》，他的这一态度却

① 梁归智：《萧剑集》，山西教育出版社2000年版，第87－88页。

与日本学者杨启樵的态度正相反，杨启樵不仅在《曹雪芹》《曹雪芹小传》二传，还尤其在《曹雪芹新传》中发现了更多的问题，而且借此许多问题表达了他的学术担忧即误读读者的担忧。他在《周汝昌先生〈曹雪芹〉传中的若干问题点》一文中说：“周汝昌先生于红学上的造诣，毋庸我赞一言，其代表作《红楼梦新证》资料丰富，为治红学者必读。他如《恭王府考》《献芹集》《曹雪芹》《红楼梦会真》等都有一定价值。我钦佩周先生学识及其孜孜不倦的治学精神，虽读先生书不多，但每一展卷，都有所裨益。然而于意所未洽处亦不敢苟同。即以《曹雪芹》而论，颇有相异见解，今摘取一二，略抒鄙见，以求教于红学方家。此不过为周先生扫落叶、辟榛芜，如拙见可取，可据此修订；如所言不当，亦可赐文驳正。或云些微小节，何必小题大做。此言差矣，因周先生为红学重镇，片言只语均可能被引作学术根据。如《曹雪芹小传》中有句：‘雍正之康贵妃、谦妃、孝仪后，……皆包衣籍。’（《百足之虫》节注五）究其实‘康贵妃’应作‘耿贵妃’，‘孝仪’乃乾隆之后。周先生偶尔失考，竟有人据此撰文，硬说孝仪为雍正后，且出自曹家。可见周先生影响力之大。……《曹雪芹新传》中错字令人触目惊心，误植本不易避免，如‘劝君莫弹食客铗’两句，都将‘君’误作‘群’，（页二七一）这一看便知，不必挑剔，但有些人名一错，就不知所云。例如乾隆初发生政变，王族参与者多，但其中竟有怡亲王‘胤祥’字样，（页二六）这是明显错误，因他早于雍正八年（一七三）病故，如何能于乾隆时出现？又如废太子嫡子写作‘弘’（同上），当然错误。另一处说乾隆有个堂兄弟，名字居然也是叫‘弘’。（页三二一）一般读者的困惑可以想象。又曹寅于康熙五十一年病故，《新传》说他是‘五十一岁的中寿’。（页二四）《红楼梦新证》却作‘享年五十五岁’，两者歧异。总之，笔误也好，误植也好，诸如此类应予订正。”① 杨启樵是一位清史学家，他所看到的周汝昌在《曹雪芹》传记中史料引用的诸多问题实属学术上的问题，这显然不属于梁归智所谓“艺术性”的范畴。杨启樵从以下六个方面指出所存在的问题：（1）雍正篡位和张廷玉窜改实录；（2）何人支持雍正篡位；（3）雍正任用旧僚质疑；（4）皇子序齿问题；（5）高斌自尽说；（6）《大义觉迷录》的销毁。一方面表明杨启樵认真仔细地阅读并研究了周汝昌所作的曹雪芹传记；另一方面则表明杨启樵对曹雪芹以及“曹学”研究的关心。他不希望周汝昌像端木蕻良那样写“杜撰”的小说，于是，他便热切关心地说：“周先生是撰传记，对象是‘全世界各国读者’，而且‘本书体裁是向世界读者介绍有关传主曹雪芹的研究之成果’，不至于利用到‘杜撰’的小说。希望这是瞎猜，请周先生公布出典澄清。”② 当然，杨启樵的用心是善意的，也是真诚恳切的。至于“周先生公布出典澄清”的恳请是否得到了令人满意的回应，笔者不得而知。不过，周汝昌以下陈情同样真诚恳切：“我主观上仍然抱着力求严谨的精神，一般都做到言必有据，个别的地方带有推断、假定的成分，但也各有其一定的线索和理由。对于一些我一度轻信的‘传说’，后来发现其破绽的，都已删去，或明文表示纠正。要探索历史学术真相真理，改正自

① ［日本］杨启樵：《周汝昌先生〈曹雪芹〉传中的若干问题点》，《红楼梦学刊》1998 年第 2 辑。

② ［日本］杨启樵：《周汝昌先生〈曹雪芹〉传中的若干问题点》，《红楼梦学刊》1998 年第 2 辑。

己原先的错失，是起码应有的治学精神，这丝毫也没有什么‘不光彩’可言。至于后来发现的一些有关曹雪芹的资料（不指家世部分），凡是我没有引用的，就说明我对它们的情况不甚清楚，愿从审慎。有一些，是我从一开始就不能无疑的，当然更不涉及。但我并不准备在这里进行论证考辨。拙著《新证》‘后记’中（1125－1126页）的一段话，还是继续有效。我所抱的态度，也不过是想对我们的学术事业负责，对曹雪芹这个作家的历史真相负责，并有利于百家争鸣，我怀疑某项资料，并没有针对哪位同志的意思，这是正常的现象，是不应引起什么误会的。事情很清楚：拿了某些来不明的资料当作‘营养’，并不能使研究视野更‘健康’，相反，一定会大大有害于历史真实，大大歪曲这个伟大作家的精神面貌。我为雪芹而努力写作，不知休息，不计假日；又为了宁静，常常与冬夜寒宵结缘，夜神忍冻，独自走笔，习以为常，是苦是乐，也觉难分。我曾有些寄友人的一首七律，起联说：‘夜寒灯火在书帷，霜月相关午漏稀。’结联说：‘得失安能逃愧负，素心耿耿对清辉。’略见其情境之一斑。至于使我不能好好构思运笔的种种干扰妨害，更是无法尽述，有时竟欲搁笔不作，强自振奋，一方坚忍，想到读者们对我的期望和鞭策，就增添了气力。——但是，这样产生出的文字，其不能令人满意、令自己满意，就无待表歉了。”① 周汝昌申明：即便个别的地方带有推断、假定的成分，但也各有其一定的线索和理由，显然不是小说般的“杜撰”。他在受到“种种干扰妨害”（包括求全责备的批评）的情况下坚忍地写作曹雪芹的传记，即便不能令他

① 周汝昌：《曹雪芹小传》，华艺出版社 1998 年版，第 243－244 页。

人满意（包括不能令自己满意），也是无愧于心的。当然，这样的陈情是否能够得到杨启樵的“了解的同情”呢？笔者同样是不得而知的。

其实，如果杨启樵能够认同梁归智的以下阐释，应该不至于一定要求“周先生公布出典澄清”吧！梁归智在《红学泰斗周汝昌传》一书中如此说：“周汝昌写学术文章，不是那种用‘死材料’和‘形式逻辑’的运作，以写成‘纯客观’的‘科学论文’，而是带有感情投入和灵感突发式的特点，搞学术研究也有点像作诗，需要心态机缘以‘一气呵成’，一旦时过境迁心态改变，即使勉强为之，也不复有那种神采气象了。”[①]《曹雪芹小传》《曹雪芹新传》很好地体现了这种注重情感和灵感勃发的特点，即《曹雪芹小传》《曹雪芹新传》的“艺术性”特征不同程度地影响其“科学性”特征，其中影响最大的应属《曹雪芹新传》。

刘再复如同梁归智一样最欣赏周汝昌的红学路向，当然欣赏《曹雪芹小传》《曹雪芹新传》的写作笔法和旨趣。刘再复说：“周先生的成就不只是考证。今天借此作序的机缘，我想用八个字来评价周汝昌先生，这就是‘总成考证，超越考证’……二十年来，我无论是读周先生的《新证》，还是读周先生的《曹雪芹小传》《曹雪芹新传》《红楼家世》《红楼梦与中华文化》等著作，都从中吸取了丰富的思想营养，这些营养概括起来，大约有三点：（1）确认《红楼梦》乃是中国文学最伟大的作品，是人类世界精神水准的伟大坐标之一。（2）一切考证、探佚的最终目的是把握《红楼梦》的无量文学价值。（3）感悟《红楼梦》关键

① 梁归智：《红学泰斗周汝昌传》，漓江出版社2006年版，第217页。

是感悟其无人可比的精神境界，而不是什么‘文学技术’之类……周汝昌先生能抵达这一境界，不是考证的结果，而是悟证的结果。换句话说，这不是‘头脑’的结果，而是心灵的结果。正如归智先生在‘传’中所说：‘周汝昌研究《红楼梦》，只是凭着一颗天赋以诗才、哲思、史识的心灵，在搜集的大量史料和小说文本之间游弋感受，与作者曹雪芹作心魂的交流，这样得来的所感所见，自然与那些在新旧教条笼罩下的研究者大为不同。很自然，他的所感所见，也就不能为那些研究者所认同和理解了。’周先生用‘天赋的心灵’去和曹雪芹交流，以心传心，以心发现心，这便是悟证，便是超越考证的悟证。所以我除了用‘总成考证，超越考证’八字之外，还要用另外八个字来评价周先生，这就是：考证高峰，悟证先河。二十年来，我在阅读《红楼梦》和写作《红楼四书》时，用悟证取代考证与论证，着意使用另一种方法和语言，使悟证更具规模，但这种‘以心发现心’的方法，其实周汝昌先生已开了先河。他在《红楼十二层》中说：悟性——比考证更重要。为表达这一意思，他特作诗云：‘积学方知考证难，是非颠倒态千般。谁知识力还关悟，慧性灵心放眼看’。说的多么好！倘若局限于考证或实证，周先生绝不可能重新提出陈蜕九十年前的大问题与真问题，也绝对不可能成为中国文学第一天才的卓越知音。”① 刘再复在“证悟红楼”这方面将周汝昌视为知己或导师，惺惺相惜之情溢于言表。他所谓“周先生用‘天赋的心灵’去和曹雪芹交流，以心传心，以心发现心”实则可以

① 刘再复：《中国文学第一天才的旷世知音——梁归智〈周汝昌传〉序》，《书屋》2010年第12期。

理解为鲜明生动地昭传曹雪芹的真精神，这一点正是《红楼梦小传》与其他作者的曹雪芹传记最显著的区别之处。

周汝昌在《曹雪芹小传》“后记”中称如果没有诸如《四松堂集》《懋斋诗抄》《枣窗闲笔》《永宪录》《延芬室稿》《绿烟琐窗集》《春柳堂诗稿》等文献史料的发现，我们至今对曹雪芹是一无所知的。当然，如果没有《红楼梦新证》的出版，也就不可能有《曹雪芹小传》的出现。《曹雪芹小传》是在《曹雪芹》一书基础上完善的，而《曹雪芹》一书据周汝昌自己说：“从出版史上看，系统地研究介绍曹雪芹的学术论著，这却算是第一部了。”[①] 总之，《曹雪芹小传》能够在缺少更多直接性材料的情况下，以零星的材料钩沉编织出曹雪芹生平的脉络，并以不乏诗情的笔法昭传曹雪芹的真精神，从而为“曹学”提供可资借鉴的研究资料，实属难得了。

① 周汝昌：《曹雪芹小传》，华艺出版社 1998 年版，第 240 页。

附录 1

学科重建与学术转型时代的“建档归宗”之作

——高淮生著《红学学案》

乔福锦

2009年7月12日，山东蓬莱国际会议期间，一日晚饭后，与淮生兄一起到海边散步。乌云缝隙间的夕阳之光照在寂静而空阔的海滨沙滩上，心情放松而心境超然。谈诗论文过程中，自然转向未来学问选择与治学取向这一话题。当时我隐约感到，他的红学研究，正在寻找新的着力点，近年或许会有突破性进展。2011年6月26日，庐山会议报到的当天晚上，淮生兄向我谈及最近选就的“当代红学人物综论”课题及个案文章撰写情况。2012年6月12日来信讲，大著已进入收官阶段。癸巳新正佳日，接到提前寄来的由新华出版社于2月间出版的《红学学案》（以下简称《学案》）样书。拜读之后，感慨良多！

在西方文艺理论传进之前，“红学”一词，虽在清代中晚期才出现，而实际的学术史，自脂砚斋评批《石头记》之时起即已开始。多年前在一篇题曰《红学与经学》的稿子中我曾说过，一部红学史，与华夏民族数百年苦难历史及知识分子命运史密切相关，也是近百年学术思想变革的“深切著名”的案例。红学史研究是红学学科建设的重要环节，也是中国近300年学术文化史撰写的特殊工程。以往的红学史论著，通史、专题史等多种体例均有学者尝试，唯独不见以研究红学的学人为中心的专著面世。其实学案体史著是中华传统学术史撰写的特殊方式，至今仍具有难以替代、可以借鉴的价值与意义。与“一百个读者心中有一百样《红楼梦》”这样的情形相一致，每位红学研究者的学术个性都十分突出。红学学术史，似乎更适合以学案体纂修。也只有写至红学家个人，才能写出具有生命气息与精神个性的红学史著作。高淮生教授之新作，以“具有突出学术个性和学术贡献之学人”①为入选对象，以“新时期小说批评”为选题角度，已然开创出红学学术史撰写之新体例，理应得到学界肯定与褒扬。

《学案》本编所选择的12位红学家，不少是当代红学史上的重量级人物。从学术辈分与文化影响等方面观，周汝昌先生无疑是其中最不能缺少的一位。2012年5月辞世的红学大家周汝昌先生，20世纪30年代末考入燕京大学。周先生的代表作《红楼梦新证》，主体部分完成于1948年夏秋，严格意义上讲，他应是民国时期即已崭露头角的学人。古人云盖棺而论定，但此说似乎并不适于周先生。关于周汝昌先生的议论纷争，至今仍在进行且难见停歇，然学理层面的分析论述很难见到，遑论《红学学案》所讲的“尊重”。对于周先生红学研究具体观点进行批评，当然属于正常学术范畴。然而一如陈寅恪先生在《海宁王静安先生纪念碑铭》中所讲，周汝昌先生之学术观点，“或有时而可商”，但先生在《红楼梦》作者家世考证、版本真伪及源流考辨、文本内蕴阐发、学科体系建设、红楼文化传播乃至海内外学术交流等方面所做出的开拓性贡献，已然为红学研究建构起一个相互关联的庞大知识体系。恰如淮生兄所言，关于“周汝昌红学”之研究，已成为“红学专题”。其中之学术空间极大，却不易切入。《学案》周先生一章，的确下了大功夫。淮生兄对于周先生红学学科何以

① 本文所引《学案》内容，均出自2013年新华出版社出版的《红学学案》一书，后不再一一标注。

成立的思考、“新国学”学科定位的论说、“文化小说”之文本性质判断、“从中华文化的传统体悟中，结合文本、细读文本”的独特研究方法乃至“红楼艺术”层面的探索等，均有学理意义上的分析与论述。在表彰先生学术贡献的同时，于可商讨之处，也有自己的独到分析评说。对于针对周先生的“大批判”，明确表示不赞同，在当今也实在难能可贵。

若以本编《学案》所选择的时间点观察，李希凡先生无疑是具有“划时代意义”的红学家。1954 年 9 月，以山东大学《文史哲》刊登李希凡、蓝翎《关于〈红楼梦〉简论及其他》为契机的大规模“批俞”与“批胡”运动的开展，不只是红学史也是中国现当代思想文化史上的大事件，由于政治力量的介入，这一次学术论争，也成为中国大陆思想文化领域“改朝换代”的标志。李希凡先生的红学观点，集中于 1955 年 6 月由作家出版社出版的《红楼梦评论集》之中。这部论集之后修订再版，“文革评红”运动中，又有三版问世，曾经产生过巨大社会影响。李先生红学研究的思想来源与理论背景，正如《红学学案》引证材料中所讲，乃是 20 世纪 20 年代末、30 年代初传入的苏联意识形态教条及其庸俗社会学。其对于李希凡红学研究的“反封建”及“资本主义萌芽”说的质疑，从 20 世纪 50 年代何其芳先生即已开始。何先生的“古已有之”说与典型“共名”说，是 20 世纪 50 年代留下的关于民族文化传统相对独立存在的可贵思考，是红学界从理论深层对学术思潮作深刻反思的体现，其学术思想意义，已远远超越“红学”一域。杜景华先生晚年反思过程中与李希凡先生的争论，则是当年李何之争的延续。然《学案》并未从政治角度作简单判断。基于对前辈学人“常常采取的那种政治和意识形态话语方式”的历史反思，在对与李先生持不同意见的代表性观点作大量引证的基础上，淮生兄就李先生当年提出的“那些基本观点”，从学术角度作了详细分析与全面评论。认为李希凡先生红学观点的提出，既与“当时环境下”的“思想力量”和“政治影响”有关，也“出于他的学术批评的真诚与责任”。李先生“40 年基本看法一直没变”，是青春岁月中有过浪漫理想且经过强化教育的一代人命运归宿之体现，《学案》用“坚守成说”予以评价。对其“新时期批评显然更着力于对《红楼梦》艺境的探微和美学意义的充分发掘”，则以“拓展新境”加以概括，同时也做出明确肯定。

如果说李希凡先生 20 世纪 50 年代开始的红学研究，是当代中国思想文化变革与红学新历史的真正起点，冯其庸先生之红学研究，不仅延续了 20 世纪 50 年代由李希凡先生开创的思想路线，也成为 20 世纪 80 年代末以来主流红学的象征。对于冯先生这样一位当代中国大陆红学界的领军人物，《红学学案》当然不能轻视。《学案》冯其庸先生一章，以冯先生“我对《红楼梦》的研究，几十年来，只做了三件事……”一段话为开端。从严格的学术史角度观察，冯先生此段话中所提到的关于《红楼梦》作者、版本、思想三方面之研究，均存在可商榷之处，尤其是《学案》本编所限定的“社会历史批评”层面即冯先生所说的“思想”一层。冯其庸先生的《红楼梦》思想研究，与李希凡先生当年的论学思路基本相似。关于冯其庸先生所坚持的红学观点，《红学学案》虽未贸然下断语，却作了大量引录参证及冷静分析，且已将学术评判寓于文字引证之中。对于冯先生“三件大事”之外的其余几件事，《学案》也有详细评述。例如对于冯先生的“评点派”

论述，对于冯先生领衔的影响巨大的红研所校注本及近年出版的体例完备的冯评本，均有正面评价。

同样入选《红学学案》的蔡义江、胡文彬、郭豫适、张锦池、曾扬华、吕启祥、刘梦溪、周思源、王蒙等先生，他们的红学研究，分别侧重于文献、文评、文化等多个方面，可谓这一代学人之典型。

《学案》开篇就是蔡义江先生的红学研究。蔡义江是位有成就的新一代红学家，他的《红楼梦诗词曲赋评注》在同类著作中多有独见，而《蔡义江新评红楼梦》更可充分体现其治学的特点与风貌。正像淮生在《学案》中所作的评价："蔡义江的红学研究著作能够将求真务实的治学态度、明辨慎思的探索精神以及平朴清浅的行文风格很好地结合，能够充分彰显其鲜明的学术个性即'详于文本辨析，精于艺术鉴赏：持论平易，烛隐探幽'"。

胡文彬先生出身于史学，他的红学研究涵盖了文献、文艺、文化、红楼文化普及与红学活动组织以及中外学术交流等多个方面，是周先生之后又一位对红学研究具有重大贡献的学者，也是将人生主要精力献与曹雪芹与《红楼梦》的红学专家。作为有书卷气却无文人气的古道热肠的学术前辈，胡先生对年轻学人的扶持，对不同观点争鸣的支持，有口皆碑。《红学学案》的撰写，也得到过他的鼓励支持。尽管由于选题范围所限，关于胡先生之多方面成就未能一一涉及，但《学案》对于胡文彬先生"举小以贯大或推末以至本的《红楼梦》文化通观"，对其融审美观照、文化审视与社会历史批评于一体的研究方式，有缜密的论析与精准的概括。对胡先生"小文章"与"大题目"兼善的"具有史家修养的学人那种为文时的阅历、心态和胸怀"，有微观之分析与宏观之概括。对其“批判出于反思，反思为了建树”的学术追求，也有解析评论。

与胡文彬先生史学出身相异，原为北大中文系高才生的张锦池先生，是有文艺天赋且具理论思辨优势的上一代学人中的佼佼者。蒋和森先生深邃而忧郁的诗人气质，何其芳先生的严谨而深刻的理论素养，在他身上均有体现，他也是一位具有强烈使命感的学者。在当今从文艺层面着手研究红学的学人之中能够自成一家，与其特有的气质与精神分不开。为张锦池先生所推崇的林黛玉“孤标傲世”的独立精神，某种意义上也是张锦池先生自我精神之体现。在新时期初期，张先生曾为红学研究的开展做过卓有成效的组织工作。关于《红楼梦》之文本评论，同样个性鲜明。张先生曾说，自己的红学研究“兴趣”，“始终是在对《红楼梦》的文本作还原批评上”。虽然他的“教学经历是由现代文学而文艺理论而古典文学”，却对“将名家名著当作面团随意纳入某种理论框架”，保持着相当程度的警惕。张锦池先生的“冬末未萌”说虽与时代思潮存在着历史联系，但并未陷入既定理论框架的窠臼。既“注重文本的微观考论”，又“注重贯通全书艺术构思的宏观考量后的理论概括”，被淮生兄概括为张锦池先生文艺批评的特色与风格。张锦池先生的《红楼梦》结构论与前辈大家周汝昌先生之间学术联系，《学案》也有细致的梳理。

郭豫适先生对于红学史研究的“开拓”性贡献，是学科发展史上不可忽视的一笔。但他对“旧红学”尤其是对索隐派，批判态度显然过于严厉。此外，曾扬华先生的“钗黛之辨”，“集中性、整体性与统一性”高度一致。周思源先生创造的“象征现实主义”概念，为《红楼梦》艺术评论打开一扇特殊之门。《学案》

于此，也有足够的关注。吕启祥先生的红学研究，在“探得作品精义的基础上寻求艺术真谛、人生真味、精神家园”，将《红楼梦》研究与中国人据以安身立命的文化依托联结在一起，不只为扰攘纷乱的红坛平添一股清和之气，也成为当今红学领域的一道优美风景。这一特殊景象，《红学学案》同样有精心展示。

刘梦溪先生是成名很早的红学家，却在盛年时期提前退出红学界。然他为当代红学发展做出的学术贡献，并未随其身影的离开而被人遗忘。刘先生治学历程以红学为起点，近20年来的学术成就，已远远超越红学一域。从中国现代学术流变之梳理到传统文化重建，其思考与研究的广度、深度与高度，在被中国大陆20世纪50年代以降的接连运动所耽误的一代学人中，卓然而立。关于红学学科建设的思考与探索，也使得他成为上一代学人中最终摆脱西方教条驯化进而回归故国精神怀抱的典范。刘先生论学之特点，淮生兄以“探源溯流、提要钩玄；发遑心曲，论见新识”十六字作归纳，可见其概括能力之强。

王蒙先生“作家学者化”之提议，具有特别意义。其“优游自得、任情放谈的态度”“六经注我”式的评批方式，以及由此产生的“信马由缰、随意发挥”的“大而无当之弊”，也十分明显。如此种种，在淮生兄的大著中，均有令人信服的论析与精准的把握。

淮生兄历史上的彭城“大同乡”、唐代史学大家刘知几提出在此后的中国史学史上产生过巨大影响的“才、学、识”“三长”之“良史”观。其中“史才”指史家的文字水平与表述能力；“史学”着眼于历史知识与文献资料的掌握；“史识”则指对历史是非曲直的观察、鉴别和判断。从已经出版的本编《学案》看，淮生兄确已具备了刘知几所讲的“世罕兼之”的史家之“三长”。灵动鲜活的语言，明晰贯通的线索，清新脱俗的文风，可谓有“史才”。网络众籍，广泛取材，言之有据，信而有征，可谓有“史学”。抓住所写人物之最主要学术特征，评判到位且有分寸，专业之外问题的把握与论述，亦十分详细准确。这是淮生兄学养的体现，也是其具备“史识”的证明。学术视野追求“博观”，治学方法强调“圆照”，则是淮生兄史家“通识”形成之关键。才、学、识三者兼具，已十分难得。“史德”一项，更不可缺少。清代学者章学诚在《文史通义》中指出：“能具史识者，必具史德”。在章学诚心目中，明心出于公心。以“六经皆史”为观念前提的史著之撰写，是关乎民族文化传承的千秋大业，也是史家学术使命与担当精神之体现。仁德之心，是史家必备的“史德”，也是《红学学案》的灵魂。淮生兄在《红学学案》“前言”中讲其撰著两大原则：一是“仰视其人格、平视其学术、俯视则不取”；二是“非遇亲者而谀之、非遇疏者而略之、非遇强者而屈之、非遇弱者而欺之”。如此之开宗明义，即本于“史德”之自我要求。中国传统史学，既有“不虚美、不隐恶”，秉笔直书的传统，又允许不得已而“隐曲”为之的“春秋”笔法的存在。敬畏历史，对于历经磨难的前辈学人的“了解之同情”，亦是历史研究者应具备的素养。既有“脱俗谛之桎梏”而追求“独立”之精神，又具兼容并包之胸怀，同样是具备“史德”之表现。由《红学学案》可见，淮生兄没有专家的偏执，哲人的傲慢，更无文人的轻率。即使对不同观点，也力图从时代、历史、文化等方面作具体分析。绝无居高临下的道德批判痕迹，对历史充满着“温情与敬意”，在社会与文化转型及学术失范的特殊时代，极为难得。

当代人为当代学者写史立传，虽有资料便利等条件，但缺乏因时间而形成的历史纵深感，实际上并不轻松。有些论述，要靠材料的充实进一步完善；有些事情，即使能看准，也不宜“直说”；还有更多的问题，要等时间过去之后，才能看清。《红学学案》不仅在最大程度上避免了当代人的天然局限，且把当代人所特有的亲切感加入史书撰写之中，已尽了最大努力，将现当代红学历史以自己的方式留了下来。我以为，这部学案体新著之问世，对于学科历史反思、当下问题检讨及未来路向选择，具有重要意义与特殊价值。对于时下学风、文风及中青年一代为学方向之改变，同样会有极大帮助。这些看法，即使短期内难以获得更多认同，时间也会给予证明。

具有开创性意义的学术著作，初版不免会留下遗憾。然本编《学案》仅是淮生兄整个撰写计划中的第一部，原本设想要写五编才能完工。后续撰写过程中，仍有修订机会。无论出于学术公心还是同道友情，我都希望《红学学案》能成为传世经典，故目前思考最多的，是大著继续撰写过程中的修订与完善。与体例设计相关的不成熟想法，大致可归纳为以下三点：其一，时间界限。“新时期”概念要重新考虑，以“近代”为时间上限，或许更易操作。清代学者阮元曾在《十驾斋养新录·序》中讲：“学术盛衰，当于百年前后论升降焉。”红学学案上限，至少要从晚清王静庵先生开始，如此方可涵盖“百年红学”之历史。其二，学人入选标准，应以传承有本、自成一家、具有学术影响为原则。港台及海外红学家，均可纳入其中。个案之间的历史与逻辑联系及学术传承关系，亦应在学人排列顺序中有所体现。其三，学术视域与选题范围。严格意义上的学案，于所涉对象，其人、其学、其思均要体现，如此方可见其全貌。即使学问一项，亦非文艺一面所能包括。在脂砚斋的眼中，产生于异族统治与“文字狱”盛行年代的《红楼梦》，乃是如《春秋经》一般的文、事、义三位一体的特殊文本。红学从产生之日起，即非现代意义上的“文学”视域所能限定。淮生兄已具备为各派红学专家立案之能力，原先设定的“小说批评”范围，自应超越。以上想法，曾几次在电话或信件中交流过。许多问题，淮生兄在撰写过程中其实已经觉察到，正在考虑与完善之中。

十多年前在天津的一次学术报告结束语中我曾说过：20 世纪的百年红学史，从时代文化背景、学科发展进程与学人责任使命三个维度综合而观，实由五代人的历史所组成。以王国维、蔡元培、胡适之先生为旗帜的晚清民初第一代学人，是现代意义上的红学学科奠基者；以周汝昌、冯其庸先生为典范的 20 世纪 30 至 40 年代成长起来的第二代学人，是红学学科的正式确立者；50 至 60 年代“批俞”“批胡”运动过后成长起来的以胡文彬、张锦池、刘梦溪先生为代表的第三代，是越过学术文化断层之后回归正途的一代；经历“文革”、20 世纪 70 年代末至 80 年代初进入大学的第四代，即目前最为活跃的中年一代，担负着承前启后与学科重建的历史责任；90 年代成长起来的在校大学生、研究生，是刚步入红学之门的第五代。第五代人是整合与总结百年红学学术成果进而走向全球化的一代，也是最后完成这门中华“专学”现代转型的一代。五代学人使命各有不同，然薪尽火传，文化慧命不绝如缕。其中，中年一代即第四代学人，自当下看责任最为重大。在“考镜源流”的同时“辨章学术”，在“拨乱反正”的基础上纠正百年来因西方造成的“文本误读”，从历史与文化、学术与思想还原的角度切入探寻《红楼梦》之“本事”“本义”与“红学”之学科本质，从而完成文化自觉、学术自主基础之上一门固有之学学科理论乃至学科体系的本土重建，进而为以经学为主体的中华传统人文学术的当代重建提供一宗案例，是这一学人的责任与使命。作为中年一代红学家中的年轻者，淮生兄通过《红学学案》一书的撰著与历史经验及教训的总结，已然为百年红学案卷的“建档归宗”开创出先例，从而为学科重建与学术转型时代的红学研究积聚起学术能量。相信所有关心红学未来且对中华人文学术重建与华夏民族文化复兴怀抱希望的学人，都会为这部红学史新著的出版而感到欣慰！从20世纪初年现代学科奠基开始写起，海内外红学家尽收眼底，做成“全宗”型学案，是下一步的工作，淮生兄正在重新思考与陆续展开之中，同样值得学界期待！

（《河南教育学院学报》2013年第3期）

附录 2

当艺术成为学术的张力

——高淮生著《周汝昌红学论稿》

梁归智

高淮生教授是近些年在红学上相当活跃且颇有建树的学人。他先以《河南教育学院学报》和《中国矿业大学学报》为阵地，发表了一系列以红学学案为中心的研究论文，继而结集成书，已经出版《红楼梦新论稿》《红学学案》《红楼梦丛论新稿》和《红学丛稿新编》四本大著。同时，他还与其他几位红学达人一起，积极策划了好几次红学的学术讨论会。其中特别是2017年1月14日的周汝昌与现代红学讨论会，产生了很大影响。兔走乌升，恰过一年，2018年1月13日，知识产权出版社又召开《周汝昌红学论稿》出版学术座谈会，而书的作者，又是高淮生教授。

我认识高教授其实不算晚，20世纪末的红学讨论会上，就见过面，但无甚交往。2016年高教授打电话到寒舍，力邀参加于同年4月15至17日举行的郑州红学讨论会，2017年初又力邀参加北京湘西往事酒楼的周汝昌与现代红学讨论会，与高教授的交往乃日趋密切。这次的《周汝昌红学论稿》出版学术座谈会，高教授也希望我能参加，因故不能出席，谈一点读后感，聊酬雅命。

一般写书评，是先要“歌功颂德”，谈“价值与意义”，然后再略加点染，指出某些“不足”。不过我现在不是写书评，而只是谈读后感，故而先讲某些提请高教授将来修订润色时可供参考的意见。对高教授大著的礼敬，渗透在读后感里面了——如果书没有价值，怎么会引发我如许多的感想？这样写还有一个好处，是能让读者一下子就产生阅读兴趣，所谓吸引眼球。

《周汝昌红学论稿》第一章开宗明义，标目为知人论学：情性气质与为学格调，而特别关注《顾随致周汝昌书》和笔者整理的《周汝昌致梁归智书信笺释》二书，因为“前者顾随先生是周汝昌所崇敬的老师，后者梁归智教授是周汝昌所厚爱之弟子”。这自然没有错，也的确从这两本书信集中证实了周汝昌的某些情性气质的真相。但高教授似乎忽视了一点，即这两本书都是私人通信，原本是不准备公之于世的，至少写信的当时，没有这种明确意向。而写私人书信，相当随意和即兴，兴之所至，想到哪儿说到哪儿，不一定考虑逻辑，这样写出来的东西固然最少粉饰，最能表现“情性气质”，但另一方面，读者如果对其中的某些说法过于执着较真，并做形式逻辑的推导引申，则会从另一个角度引发误会和疑惑。

比如，《周汝昌红学论稿》第 5 页，引用周老致笔者 1999 年 10 月 2 日信中说“倘若遇见半个‘知赏’，则我的成就，当不止是耳”，再引 1994 年 10 月 17 日信中周老赋诗许笔者为“知己”，从而发出疑问：“如何理解此前周汝昌一再表白他对梁归智‘知赏’的态度呢？此一疑问确因缺少关键性的文献资料，只能存疑。”其实，这里面没有任何疑问可言，不需要也不可能有“关键性的文献资料”来答疑解惑。因为，周老所谓没有遇见“知赏”者，是指那些有地位有能力改善周老工作条件的领导人物、实力人物，而不是指像笔者这样的普通人。周老的“粉丝”遍天下，对笔者的“知己之感”也表达过多次，这与感叹没有遇见“知赏”完全是两个问题。二者之间不构成矛盾，也不应该于此产生疑惑。

再如，第 23 页作为一个标题：孤独感的另一种衍射：对“红研所”“红界”的毫不留情的批评与嘲讽，以及后面又论述“臧否人物方面从来是立场鲜明而言辞犀利”，证明这些论点的证据，几乎全部是引用周老致笔者的信札。这种仅仅依赖本不准备公之于众的私人信札来论定一个人的风格面目，得出某些结论，是有很大片面性的。

对私人通信的过分依赖，也就产生了一些判断上的失误，或至少是断语下得有些草率而不够鞭辟入里。比如第 29 页说：“对陈维昭的批评可谓活现了周汝昌特有的个性特征：他的敏感，他的多变，他的猜忌，他的严酷，他的苛求，他的‘周氏讥讽’，他的‘周氏用心’……真不知陈维昭能否消受得起?”但这些“酷评”既然只是来自并不公之于众的私人通信，则无所谓“能否消受得起”的问题。相反，周汝昌在给陈维昭本人的信札中，是充满了鼓励推崇话语的，当然，那一方面是由于还没有深入阅读陈维昭的著作，另外一方面则更体现周汝昌一贯的对青年人予以支持鼓励的态度，体现一种仁者之心。苏州的贾穗，生前撰文批判周汝昌够尖锐刻薄了，但贾穗英年早逝后，周汝昌却能接受严中的建议，给素不相识的贾穗遗孀写了一封安慰的信。这种举动，“红研所”“红界”中其他人好像做不到。事实上，陈维昭本人在没有看到周老给笔者私信内容之前，对周老的鼓励十分感动和感激。而且即使在给笔者的信中，周老也有赞扬陈维昭“是端人正士论学”等一些正面评价。

此外所谓对“红研所”“红界”的毫不留情的批评与嘲讽，也不能根据私人通信得出绝对化的结论。可以说周汝昌内心对“红研所”“红界”是看不上眼的，但在公开的场合，表达还是有相当节制，并非经常是“毫不留情的批评与嘲讽”。这正如第98页把周汝昌和孙楷第做比较，说“周汝昌的‘书呆子气’则显然越来越不同于孙先生，愈到晚年则愈加凸现他对于‘世态’的明察，他的‘世故’的一面也愈加鲜明”。高教授似乎对自己写的排比句“他的敏感，他的多变，他的猜忌，他的严酷，他的苛求，他的‘周氏讥讽’，他的‘周氏用心’等”一类过于投入了。

《周汝昌红学论稿》首标“知人论学”，但由于高教授和周汝昌没有亲炙接触的实际体验，就难免产生一些过度的猜想。比如周老在给笔者的信中常有对“庸人蠢人”不能理解曹雪芹原著和程高本“两种《红楼梦》”巨大差异的愤慨讥讽，而把周汝昌笔下的“庸人”一词理解为乃专门影射冯其庸先生，就联想过度了。其实周、冯二人最主要的学术冲突是在“祖籍”问题上，在文本认同方面的差异并不很突出。至于庄信正说周汝昌写的《定是红楼梦里人：张爱玲与红楼梦》“笔调阴阳怪气”，在引用张爱玲的话时用“×××”取代“冯其庸”“违反了学术规则”，则欠缺对人情微妙的体察和理解。写文章如果对矛盾比较尖锐的对手直书其名，那无异于公开宣战而迫使对方不得不应战，而一般情况下大都还不愿意闹到这种程度，“含沙射影”也就可以了。比如蓝翎写批判李希凡的文章，一开始就不点名，而只是说“那个同学”一类，后来是李希凡写回应文章，捅破窗户纸说，不写出我的姓名就不是针对我吗？

周汝昌与冯其庸的关系，从20世纪80年代后期开始逐渐恶化，周汝昌不愿意在自己的著作中出现冯的姓名，基本上是一种回避态度，也有感情因素在内。有时实在不能回避，多用含蓄表达，用“×××”取代“冯其庸”是方式之一，最激烈时也不过是以“某学霸”暗示，而且次数并不多。至于“二马”的一两次表述，那是给笔者的私人通信，本来就是不公开的。而即使在不公开的私人通信中，也不愿意直书其姓名，而要用“二马”代替，可见其感情因素的左右。周老给笔者的二百多封信中，涉及冯的次数也是极少的。这也反映了老辈文人的一种风格。

故而，我对《周汝昌红学论稿》的一点润色修改建议是，不要过分局限于从两部书信集来对周汝昌“知人论学”，也要考察周汝昌与其他人交往的文字“留痕”，以及有关周汝昌的一些其他资料，而在阅读私人通信时，要设身处地理解写信时的背景情况和心理状态，以及私信与公开发表的写作之间的异同，还要考虑到历史情况的各种复杂性，如政治形势，某些微妙的人情世故等，方可有更准确的理解。对所谓“他的敏感，他的多变，他的猜忌，他的严酷，他的苛求，他的‘周氏讥讽’，他的‘周氏用心’等”其准确程度的百分比到底是多少，也就会有更全面的认知。

比如，关于1976年版《红楼梦新证》有李希凡、蓝翎写的《评红楼梦新证》作为序言，而20世纪80年代以后再版的《红楼梦新证》则删去了李、蓝的序言，那就是一个时代政治氛围发生了巨大变化的社会背景问题，一种自然发生的新陈代谢，与周汝昌对李希凡的态度有无变化是没有什么关系的，李希凡先生应该也完全明白这一点。对这样的问题，更多地做一些时代政治背景的说明，要比猜度个人之间有无“恩怨”或者“人品”问题，更有意义，也就是有时候是“论世”才能“知人”，进而才可以有“论学”的真知灼见。

知人论世，进而论学，不容易，仅仅靠两本书信集远远不够。比如周汝昌特殊的身体状况和工作条件，外人就很难有真切体验，而往往按照“常情常理”简单推导。周汝昌的目力近于全盲，听力近于全聋，晚年写作凭口述录音，再打字到电脑里，三个女儿轮流值班，不仅要完成相当麻烦的从录音到输入然后交给发表出版单位及其后的校对等烦琐工作，还要照顾周汝昌的生活，而这三个女儿又并非正规文史专业出身，加以出版社往往限期交稿而不断催促……这些情况都需要充分考虑到，才能对某些情况真正“知人论学”。《红楼梦新证》没有能按照笔者的建议搞得更完善，客观的条件和情况确实也是重要原因。杨启樵先生希望周汝昌能“虚怀若谷，据愚见一一更正，使周著更臻完美”，愿望是美好的，情怀是恳切的。但实际的情况是，杨启樵的书，周汝昌根本连知道也不知道，周家女儿也没有仔细阅读，大概是在周汝昌去世以后，最后一次修订《红楼梦新证》时才有所参考吸取。高教授的许多“疑惑”“存疑”，其实换成“无奈”和“遗憾”更合适。

又比如，中华书局2015年出版的《周汝昌序跋集》，收入周汝昌为他人书册所作序跋多达170多篇，红学方面与诗歌等其他方面各占一半，充分表现了周汝昌对同道和后学乃至并不十分熟悉之人的厚道和热情，当然也显示了很高的判断力和写作技能。我为序跋集写的前言中，最后说，周先生为他人著作所撰序文，“无不有精彩的点评和联想，而其中心、核心，则全离不开发掘阐扬中华文化独有的珍异、辉煌、神韵及其所蕴涵着的诗魂、史韵、痴情”。读了这些序跋，对所谓“敏感，多变，猜忌，严酷，苛求，‘周氏讥讽’，‘周氏用心’”等就需要重新思考了。

以上是涉及和周老与笔者通信有关的一些不同意见，但这并不意味着我否定高教授对周汝昌“知人论学”的认识和论述。我总的看法是，高教授对周汝昌的“情性气质与为学格调”的分析论述还是相当深入的，对于认识周汝昌其人其学也颇有意义。在所谓“学术共同体”一片批周骂周的红坛大氛围中，高教授的分析论述更具有独特价值，无论是对于周汝昌，还是对于“学术共同体”。

但为何“学术共同体”不能对周汝昌“知人论学”而客观对待呢？为什么会形成如此势不两立的局面呢？高教授的一段话说得画龙点睛：“两军对垒，尽管力量悬殊太大，但有一个方面是一致的共同的，即彼此都声称为‘真理’和‘学术’而战，这是他们‘交战’的一面旗帜。可见，其间的是非曲直如果辨析不清，红学的‘真理性’何在？红学的‘学术性’又何在？”高教授对这个问题的回答是“对于这些‘斗士’们的‘战情’”做考辨与评价。应该说，这就是《周汝昌红学论稿》后面四章以及两个附录的主体内容和希望实现的目的，也是此书的根本价值所在。

第二章“《红楼梦新证》：说不完的话题”，第三章“红学四学：红学何为？”，第四章“中华文化之学与新国学”，从所选论题来看，抓住了周汝昌红学研究中最关键的几个点，也可以说体现了高教授高屋建瓴的学术眼光。高教授没有被史湘云就是脂砚斋、曹雪芹的生卒年、丰润说和辽阳说等“热点”话题所蛊惑，居高临下，直击“红学”这个核心问题，使《周汝昌红学论稿》具有了相当的学术品位和理论视野。

高教授的写作方法，则是以每个论题为中心，撮述了红学界有代表性的各种不同派别的态度、立场和意见，让这些不同的甚至彼此尖锐对立的说法自然形成对比、对照和对垒，让读者自己去思考和判断。高教授大量引述原文，使撮述基本上都能反映出各家各派的本真立场，而不会发生“歪曲”“走样”的问题，比起“转述”来，这是讨巧的做法，也是聪明的做法。对于大多数读者来说，这省去了阅读海量文献的麻烦。如果没有高教授的这本著作，不说一般读者，就是“红学界中人”，恐怕也很难对红学界如此错综复杂的争论、纠缠一下子了解得如此清楚。当然，涉及一些更深入的情节和细节，本书也不可能完全明晰呈现，或一语道破，需要有兴趣者去亲炙原始文献。

高教授个人对各种争论的意见和评判，在引述过程中往往旁敲侧击，用简短的话谈言微中，有时候则比较模糊，显得“狡猾”（高教授自谓“智慧”），所谓“借力打力，曲终奏雅”。这也是做“学案”研究的苦衷吧。周汝昌痛斥已经死去二百年的高鹗尚且引起了许多人的强烈反感，何况月旦还活着的当代人呢？高教授是在做当代人的“学案”，面对的是派系纷繁矛盾丛生斗争激烈的现当代红学界，而他所希望实现的一个目标，是改良红学界的风气，希望青年一代研红者摆脱老一代历史恩怨的负面影响，使红学发展能有一个更明朗的未来，所谓“红学之学术生态亟待改善”。高教授的愿望是可敬的，努力是真诚的，应该支持他的工作。

为什么会出现周汝昌和所谓“学术共同体”势不两立，却“有一个方面是一致的共同的，即彼此都声称为‘真理’和‘学术’而战”呢？这其实是个核心问题，《周汝昌红学论稿》把这个问题赤裸裸地揭示了出来，让大家不容回避地面对，却没有给出十分明确的学理解释和答案。因而，高教授在行文中，经常要说一些调和性或抚慰性的话语以表示“客观公正”“理解的同情”，有时也就难以避免模棱两可的色彩。比如：“学术责任心毋庸置疑”“道德义愤同样可以理解”，但“笔者读到了‘沉重’或‘困惑’”（82、83 页），“孰对孰错？若各执一词，显然难分对错；若通而观之，则各有对错。”（112 页），等等。

笔者写这篇读后感，而冠以“当艺术成为学术的张力”之标目，就是想说明这个问题，即周汝昌和所谓“学术共同体”都十分真诚地认为“我占有真理”，因而彼此都顽强斗争绝不妥协乃至势不两立，撇开必然也确实存在的名利、地位、影响、话语权等“形而下”层面的问题不谈（这些话题让有兴趣甚至嗜好的人去写吧），单从“形而上”的学理层面看，到底问题出在哪里？

我以为，一个核心问题就在于“当艺术成为学术”，而产生的“张力”。

《红楼梦》是一部空前杰出的文学艺术作品，是一部背景复杂内涵丰富艺术超越的艺术极品，它的本质是诗性。作为艺术作品，读者阅读它，企望的是获取艺术审美的享受，而作为诗性的艺术极品，要真正深入其艺术殿堂，不仅“升堂”观其外景概貌，而且“入室”赏其巧妙微妙奥妙幽渺，其实有相当难度。这里面的“门槛”可不止一个，而是一个一个又一个，而且越到里面，那“门槛”就越高而难以跨越。更不幸而又有幸的是，曹雪芹的《红楼梦》未完，成了断臂维纳斯，却又出来后四十回续书，貂狗之辨，更让《红楼梦》的接受增加了南辕还是北辙的永恒争论。

《红楼梦》的特殊性，还在于这些艺术的“门槛”上，包裹着一些其他的“装饰品”，那就是家世、版本、批语，以及历代读者阅读接受后写下的“文字记录”，等等。这些“装饰品”，有的是和那件艺术品几乎同时产生的，有的虽然是后来加上去的，但由于年深月久，也逐渐成了侵蚀进艺术品本身的东西，有时候简直让你难以区分艺术品和附加物的界限在哪里。

《红楼梦》的特殊性，还在于它产生以后不久，它的文化背景就发生了翻天覆地的巨大变化，即中国传统文化经受了“旷古未有之巨变”的西方异质文化的疾风暴雨式的冲击，因而阅读接受《红楼梦》的后代读者群体，也呈现出其本身文化接受背景的斑驳杂色。一代又一代的人“与时俱进”，以自己认同的文化视角来解读《红楼梦》，来理解它的“思想”和“艺术”而“自以为是”。

极品艺术的高门槛，貂狗之辨，“附加物”或“装饰品”的纠结，时代文化背景的巨变，使阅读《红楼梦》这个本来比较纯粹的审美活动，交织错综，万象纷纭，终于成了一门“学术”。“红学”君临天下，成为高大上伟光正的学术，和甲骨学、敦煌学并列为中华传统文化研究的三大显学之一的学术。

但红学与甲骨学、敦煌学的一个根本差别是：红学赖以产生的母体是艺术品，而且是一部诗性的艺术极品，而甲骨学和敦煌学的母体却不是艺术品，更不是艺术极品，也谈不到诗性。红学有别于甲骨学和敦煌学的“张力”由此产生，其“矛盾”和“乱象”也就与生俱来，难以避免。

艺术的特点，首先是感受性，或曰灵悟性，其次是思辨性——海阔天空而非循规蹈矩的思辨性，而学术，其根基却是尽可能丰富的资料和步步为营的逻辑。周汝昌和所谓“学术共同体”的纠纷葛藤，与红学产生时即带来的这一先天胎记有密切关系。《周汝昌红学论稿》216、217页有乔福锦先生在“周汝昌与现代红学讨论会”上的发言，他指出，周汝昌其实是一位民国学人，而且独具个性色彩，很难被时代新说所同化，注定要与所谓“学术共同体”，即20世纪50年代初至“文革”前进入大学读书并由此接受从苏联传来的西方文艺理论系统教育的一代人及其学生发生学术冲突。周汝昌所面对的，不仅是特定时代所造就的一批人，是难以抗衡的体制化乃至庙堂化“学术”威权，而且是一种已经被西化乃至极端意识形态化的治学理念。

中华传统文化，从“诗云子曰”开始，到曹雪芹原著《红楼梦》，其根本特色和内涵，即周汝昌所归纳的中华文化的“两条主脉”，一条是《论语》为代表的先秦诸子以降而以“仁义”为核心基则的偏重思想层面的主脉，另一条是《诗经》《楚辞》以降历代诗文大家代表的偏重艺术层面的“文采风流”的主脉。而到了曹雪芹的《红楼梦》，则两条主脉完美结合，达到了一个诗性的极致境界。不过，理解偏重思想的那一条主脉，比较容易从“学术”的逻辑层面切入，而“文采风流”那一条主脉，却要求更多的感受性理解，与一般意义上的“学术”是有冲突的。而中华传统文化，其最根本的特色是艺术性感受性，西方文化则是逻辑性为突出特点。现代意义上的“学术”，又主要是从逻辑性的西方文化衍生的，西风东渐以后的中国学术界，也是以突出逻辑性而非感受性的学术为圭臬的。

因此，甲骨学、敦煌学的研究，一般不会与逻辑性为特征的现代学术发生冲突，从艺术极品《红楼梦》衍生的红学，则难以幸免。而周汝昌，正如乔福锦先生所论，是“民国学人”，也就是还更多地葆有中华传统文化特点的传统学人，特别是他与“文采风流”那一条偏重艺术层面的“主脉”格外亲和，格外“诗性”葱茏，因而他也就相当自如地深入曹雪芹《红楼梦》的思想艺术境界——特别是艺术境界，他的写作表述方式也体现强烈的传统“文章”色彩，而非现代学术的“论文”色彩。

对于已经习惯了现代学术“论文”逻辑范式的学人来说，对周汝昌的这种特色表述，就未免不能适应，而产生种种疑惑。《周汝昌红学论稿》第163页，高教授对周著《红楼梦与中华文化》质疑道：“通观全书则未见融文史哲、儒道释等方面于一书的博观圆照之见识。”高教授《红学学案》中对周汝昌的观照，也更偏重“学理”等思想方面的考察评论，而对于“文采风流”的艺术感悟层面缺少本己的亲和感。

乔福锦先生说，只有“红学”，是“辞章”之学中唯一以一书为研究对象的专门学问，堪与经学研究相比（第105页）。但乔先生自己的学术旨趣，却是更重视“经学”，即周汝昌所说中华文化两条主脉中“思想”即“宗经传道”那一条，而非“文采风流”的“辞章”艺术那一条，因而乔先生所特别努力的，是说《红楼梦》乃“反面春秋”，认为《红楼梦》“堪比儒学经典的文本性质，是《红楼》文本区别于古代其他‘野史小说’从而具有独立性品质的原因所在，也是红学之所以成立的根本理由”（第105、106页）。高教授称赞：“乔福锦从独立性、系统性与综合性三个方面阐述了‘红学’的学科特征，其学理概括性相对最强。”（第106页）显然，无论是高教授还是乔教授，最看重、最推崇、最着力的还是“学科”和“学理”这些偏重西方学术范式、偏重“意识形态”的方面，在某种程度上，仍然表现对“诗性”“文采风流”体验不够深切和本己。“学理”和“宗经传道”（其实即

"意识形态")是"与时推移"而"日新月异"的，"学科"也只是体制化的名分而已，只有"诗性"才相对恒久而魅力长存。

从宏观视角看，曹雪芹原著与后四十回续书的"貂狗之辨"，对脂批本与程高本何优何劣的认同差异，无不是"当艺术成为学术"以后"张力"的体现。欣赏曹雪芹原著还是欣赏后四十回续书，认同脂批本还是认同程高本，本质上就是一个欣赏艺术极品时"迈门槛"能迈到第几个门槛的问题。而只要真有那个脚力，能达到曹雪芹原著极品艺术的堂奥，其实也就自然实现了文、史、哲的会通。打通文、史、哲，并不是看你的文章里标榜什么儒佛道和西方的各种名词术语，罗列出几个教条式的"理论状"看法，而在于能否体现一种耐人寻味的诗境意境，一种活泼泼的生命气象。有的人只能迈到刚入门的门槛，所以分辨不出曹雪芹原著与后四十回续书的差别，没有艺术感觉，这是没有办法的事情。也就是我说过的，曹雪芹原著是李贺、李商隐的诗，后四十回是白居易、元稹的诗，你只有欣赏白居易和元稹的脚力，那就只能停步于此，如果你不守本分，非要说李贺、李商隐压根不存在，或者白居易、元稹和李贺、李商隐没有任何区别，还要以"学术"的面目炫世，那就只能是伪学术。"程前脂后"一类的本质就是这个样子，当然也可以写出许多貌似学术的文章著作，在某些局部，也可能有所收获。周汝昌的红学死死抓住"貂狗之辨"这个"牛鼻子"，就是因为他对中华传统文化"文采风流"那一条"主脉"的天赋和修养远远超过了所谓"学术共同体"中人。这样说有点伤人，但事实就是如此。《周汝昌红学论稿》中引录了我不少关于红学现象的评述，如一方面高叫只有从文学性角度进入文本才算红学，另一方面自己却欠缺欣赏极品艺术的素质能力，一方面说“四学”排斥了文本学，另一方面自己却大搞版本家世研究，并奉其为红学唯一正宗。我已经说得够多了，自己觉得也把问题说清楚了，不再重复。

我认为，《周汝昌红学论稿》的最大贡献，就是把这个红学的根本症结给赤裸裸地“逼”了出来，周汝昌红学的功过是非将随着这个问题的深入讨论而自然明晰，对红学应该怎样搞也极有启发性。其他都是皮毛。曹雪芹的《红楼梦》是诗性的艺术极品，中华文化的精粹如水中之盐一样融化其中。红学的本根是艺术极品《红楼梦》，而探索曹雪芹原著整体精神面貌的探佚学，也必须超越情节“复原”的单纯追求，更不能陷入漫无边际的猜测，而是“精神面貌”的追索和体贴，我早就说过，探佚的本质是美学。探佚的高境界必然是文、史、哲的会通，是悟证、考证、论证的联袂共舞，因为探佚的实质是对曹雪芹精神境界的追求，是诗学的追求，而其追求过程又涉及一些“附加物”的考辨。拙著《红楼梦探佚》有“考论编”和“思理编”前后两大部分，就是由表及里，由形下逐渐到形中再到形上，由人物命运结局等情节的考辨勾勒到哲境、诗境、灵境的探索攀升。一般的读者大多只对“考论”部分有兴趣，有形而上追求者才更愿意问津“思理”。

至于“附加物”的研究，自然也是重要的，可以越搞越细越深，也可自成其学，对理解极品《红楼梦》有所助益，但如果没有对艺术极品的真切体会，毕竟隔了一层，会走弯路，做无用功，因为“附加物”是艺术极品《红楼梦》上面的附加物，二者如鱼在水。把鱼从水里面捞出来就是死鱼，切割死鱼的研究做不出美味，因而也就不可能真的“接地气”。周汝昌早就调侃过：

“世上庸人书枉通，活龙打做死蛇弄。”“若教锦瑟成胶柱，何怪生龙变死鼋。”（《红楼夺目红》第 31 页、242 页）比如你提出《红楼梦》的作者是这个那个，你提出来的候选人具备创造艺术极品的条件和素质吗？你说程高本在前脂批本在后，脂批本是书商伪造，你对脂批本所体现的艺术极品高境界有鉴赏接受能力吗？到哪里去找这样的天才书商？你的种种“研究”是不是徒然浪费自己的“寿命筋力”呢？还是一个不具备文、史、哲三方面融会贯通素质能力的问题。呵呵，说来说去，这不是又回到了“四学”和《红楼梦》文本审美关系的老话新说吗？

现在各种江湖红学很热闹，关于《红楼梦》的作者出来上百种说法。为什么会这样呢？因为对《红楼梦》较浅层次的鉴赏，如泛泛的人物评论一类，和现实社会比附，如贾母是董事长凤姐是总经理一类，已经说得太多，难出新意，都感到厌倦了，而对极品艺术，又根本欠缺进入的素质和能力，没有“发自内心的渴望”，就只能在“附加物”研究上找点空子肆意伸衍，在外围搅一点风波图个热闹了。这其实就是中华传统文化特别是文采风流那一层面严重失落的恶果。白居易和元稹已经读得不耐烦，李贺与李商隐又不知所云，那就拉开场子说唱大鼓书吧，关键是要让聚光灯照到自己头上。都是个人的自由，谁愿意怎么搞就怎么搞，只是不要非拉别人也得参加敲边鼓。

李宝山君在“红迷驿站”里发过一个帖子，列出了周汝昌于 2017 年再版的著作名录，并评点说“逝而不亡”；周伦玲又发来一些补充名录，还发来了一个 2018 年将出版的周老著作目录。名录如下：

《曹雪芹的故事》，北京出版社2017年3月版；

《曹雪芹的故事》（精装），北京出版社2017年9月版；

《诗词会意：周汝昌评点中华好诗词》，贵州人民出版社2017年6月版；

《周汝昌校订批点本石头记》，译林出版社2017年9月版；

《108回红楼梦》，译林出版社2017年9月版；

《梦解红楼》，中国工人出版社2017年10月版；

《红楼小讲》，中华书局2017年4月第二次印刷；

《千秋一寸心》平装本，中华书局2017年1月、9月第21印22印；

《千秋一寸心》精装本，中华书局2017年4月第二次印刷；

《杨万里选集》，上海古籍出版社2017年第三次印刷；

《周汝昌致梁归智书信笺释》，三晋出版社2017年1月版。

2018年将出版：

《红楼十二层》；

《诗词赏会》；

《红楼夺目红》；

《四大小说》；

《北斗京华》；

《师友襟期》；

《周汝昌诗词线装本》；

《周汝昌师友书札》。

为什么周汝昌的著作这样受欢迎呢？周汝昌为什么会“逝而不亡”呢？其实道理很简单，就是我一再说的周汝昌的红学是诗性红学。周汝昌的著作能够深入极品艺术的堂奥，而且著作本身就是美文，散发着“文采风流”的芬芳，蕴涵着中华传统文化的魅力，虽然在某些具体说法上也不是说得天衣无缝，一些观点也有讨论商榷的余地，但总的气象上却体现出悟证、考证、论证兼擅并美的企望心向，也就从根本上象征着艺术和学术的统一。

这是我阅读《周汝昌红学论稿》后，而产生的一些感想，不是书评，供高教授和大家参考。

2018 年 1 月 8 日于大连

补注：此文周伦玲于 2018 年 1 月 14 日阅后提供更具体的历史情状，澄清《定是红楼梦里人：张爱玲与红楼梦》一书中引用张爱玲的话时用“×××”取代“冯其庸”的情况，出示周汝昌手稿截图，乃在要引用处写：传记中 p. 301，即那段话是要助手女儿誊写时自己去抄写原文。周伦玲说用“×××”取代“冯其庸”“估计就是我们给删了”，并说：“按理说，这是张爱玲对冯的看法，写上才更合逻辑。”

周伦玲还没有读到《周汝昌红学论稿》，但看到了网上的目录，发表意见说：“看目录第一章第一节‘落落寡合的个性与孤独无助的心境’，我感觉‘落落寡合’太不准确，我父亲不是这样的个性，高先生是拿我父亲极晚年的处境做文章。我父亲为《红楼梦》、曹雪芹、众多人物创作了无数诗词，其实这也应归属于红学的范畴，不知还有哪位红学家有这种成就与能力，这该归属于什么‘学’呢!”

周伦玲又传来了周汝昌在《定是红楼梦里人：张爱玲与红楼梦》第三篇“第六官”篇尾题诗和周策纵论治学的一首诗：

周汝昌《定是红楼梦里人：张爱玲与红楼梦》中诗：

> 五官之上六官尊，倘缺斯官白日昏。
> 不管阳春与下里，却云识辨是“邪门”。

周策纵论治学诗：

> 学问是什么？学着去发问。学而不知问，不免有点笨，问得太多了，更会叫人闷。这是为什么？学问无穷尽。学只增知识，道德不相混，智慧和美感，还需悟与润。然要德性尊，仍须本学问，愚德虽不恶，希圣却无分，学问求至当，至善庶可近。

（《河南教育学院学报》2018 年第 2 期）

附录3

为红学研究创设新格局

——高淮生著《周汝昌红学论稿》

周生杰

在学科发展越来越细化的今天，人文社会科学和自然科学的研究方法存在着诸多不同，但是两者之间的科学求真精神是一致的，可以说，坚持科学求真精神是所有研究活动应该具备的基本特征。什么是科学求真精神？简单地说就是理性认识事物的基本态度。研究者如果缺乏这种基本态度，那么人文社会科学研究就没有任何意义了。而所谓在人文社会科学研究中坚持科学求真精神，就是指在研究的指导思想、研究的出发点、研究的过程以及研究成果的评价中处处体现科学求真精神。笔者最近读高淮生教授《周汝昌红学论稿》一书，一方面感慨作者在现代红学研究中思维的敏锐与视角的刁钻，另一方面则深为作者在学术研究过程中始终体现出来的科学求真精神所折服。

一、问题意识与求真精神

坚持问题导向是理论创新的原动力，“问题”是人文社会科学研究活动的动因，“问题意识”则是研究活动之所以发生和持续进行下去的前提和基础。抓住了实践中的“问题”，就找到了理论活动的“对象”。

反观《红楼梦》研究史，可以看到，从《红楼梦》的问世到红学的创立，再到红学成为一门世界性的学问乃至学科，这期间，围绕着《红楼梦》的话题不断，新说不断，人称“说不完的《红楼梦》”。不过，进入21纪以来，红学研究不容乐观。由于没有新史料的出现，便没有标杆性的研究成果，考据则往往猜测，探佚则更多比附，文本则信口臆说……虽然研究成果联框累箧，但实质性的创新成果十分少见，红学虽“显”而不“彰”，无法彰明其独特学术价值，从而被一些人斥之为“俗学”。诸如此类的问题使包括高淮生教授在内的新一代红学研究者深以为忧。

高淮生教授早年立志研究毛泽东，与红学研究结缘则是一次偶然的机会。他曾在一次给大学生做的经典导读讲座中讲授《红楼梦》，随后将讲授的手稿整理发表于《红楼梦学刊》，从此对《红楼梦》的热爱与研究一发不可收拾。而他在红学方面的研究之所以不断产出新品，就在于他时刻关注红学研究现实，善于突破当下研究瓶颈，展望以及规划未来研究的方向。于是，从2010年开始，高淮生教授另辟蹊径，开创了红学史写作的一条新路——“现代红学学案”，以学案体的写法为现代红学学人立案，借此来展示不同学人的学术精神、学术个性和学术成果，使读者更直观更生动地了解红学学人的研究业绩、了解红学的学术生态。

谈及从事红学学案的创作初衷，高淮生教授说，自己年轻时读《史记》，就很偏爱写人的部分即本纪、世家、列传等。此后，在阅读大量的红学学术史著作中，开始萌生换种写法的想法。受到中国传统的学术史写法的影响，加之他一直心存的中国文化情怀，他想到了可以像黄宗羲的《明儒学案》一样以学人为案。在对百年来红学学人的研究和写作过程中，他的忧患意识日趋增强，思考最多的往往是红学学科当下出现的种种问题应该如何破解、红学学科未来发展可能会走向什么地步等，诸如此类的学术困局促使他近年来不断地策划并组织“高端论坛”或“座谈会”，试图谋求合理的答案……真可谓是“人生不满百，常怀千岁忧”！于是乎，他将这种浓厚的忧患意识自觉地流露或体现在他的红学著作里，并借这种饱含忧患意识的学案体红学著作让读者能够关注到这个时代学人因学科危机而生发的忧虑。

如果说有了《红楼梦》就有了红学，那么可以说，有了周汝昌的红学研究，就有了“周氏红学”。高淮生教授的现代红学学案要为现代红学研究史上颇有重要影响的红学家作学术考察和总结。在这一考察过程中，高教授尤其关注周汝昌对于红学学科的特殊意义，于是富有启示性地提出了“周氏红学”的概念，这一提法的确需要有足够的学术勇气和相当的学术准备。今天，举凡稍有红学知识的普通人，如果让他举出最有影响力的红学家，他应该会说出“周汝昌”的名字。正是因为如此，高淮生教授深感有必要将周汝昌与百年来其他红学家区别对待，并为之作更为详细、更为全面、更为彻底的学术专案，于是，《周汝昌红学论稿》应时而生。

《周汝昌红学论稿》对周汝昌红学研究的地位和影响有着比较精准的考辨，全书分为五章：知人论世：情性气质与为学格调；《红楼梦新证》：说不完的话题；“红学论学”：红学何为；中华文化之学与新国学；周汝昌与周氏红学的影响。作者要做到“详人之所略，略人之所详，撮要举凡，存其大体，试图兼顾周汝昌其人之个性气质和人格精神以窥其为学之心迹以及‘周氏红学’之真貌。”[①] 作者用“落落寡合”概括其个性，用“孤独无助”概括其心境，又用“光荣的孤立”概括其为学心迹。如果褪

① 高淮生：《周汝昌红学论稿》，知识产权出版社 2017 年版，第 1 页。

去学术上伟大造诣的光环，周汝昌其实是一个很普通的人。《周汝昌红学论稿》一书坚持客观中立地为周汝昌立案，并不是为之树碑立传，其科学精神是严谨而客观的，在学术回顾中寻找问题，强调认识对实践的依赖性。

二、才学识智与诗性表达

中国文化是“诗性文化”，这是因为诗的精神主宰着中国艺术的整体精神，同时以诗为灵魂的艺术精神深刻地影响着艺术之外的文化产品。《周汝昌红学论稿》虽是一本学人学术评传，但是作者饱含激情，充分体现自己的才学识智，全书文字跳跃起伏，穿插自如，完全是一种诗性表达。

诗性表达需要胆识和智慧。在红学界中，几十年来一直有一股强大的反周势力，时至今日，这股势力并未因为周汝昌先生的去世而减弱，且大有“后生可畏”“后死者尤可畏”的趋势。在此情况下撰写这样一部书，作者十分有勇气，有担当，不回避矛盾，不因人废言，而是铺陈事实，用史料说话；所有论断，皆以文献为基础，不妄发议论，授人以柄。如论顾随说：“顾随致周汝昌书信中对于周汝昌著《红楼梦新证》的评价可谓极而言之，其中的‘褒扬’难免带有师生之谊的夸饰，这是传统文人的评文习惯，不至于从所谓道德方面置疑。顾随的评论涉及了《红楼梦新证》的可取与不可取两个方面，而且评价得都很坦诚的，所谓‘言为心声’而已。”[①] 高淮生的评价十分中肯。

诗性表达需要仁心和感情。读完全书，笔者十分体谅高淮生

① 高淮生：《周汝昌红学论稿》，知识产权出版社 2017 年版，第 78 页。

教授的良苦用心，其目的是要总结周汝昌红学研究的方法、成就和影响。周汝昌的一生都贡献给了红学，他关于曹雪芹的家世生平考证，使得人们对于《红楼梦》作者有了一个空前清晰的印象。周汝昌的红学代表作《红楼梦新证》是红学史上一部具有开创和划时代意义的重要著作，奠定了现当代红学研究的坚实基础。今年恰逢周先生诞辰百年，给“红学泰斗”举办多么隆重的纪念都不为过。可以说，这本书应该是周先生冥诞百年的最好纪念品之一。

另一方面，高淮生教授撰写这本书还体现出一位当代红学家的仁爱之心，试图为红学界多年来无聊纷争降温即归于学术理性提供可资借鉴的文本，消除长期存在于个别红学家心中所谓的“正义的火气”，给红学研究加一把充满正能量的火焰，为红学转型做出重要的建设性工作。通读了《周汝昌红学论稿》，笔者对红学界竟然流行过那么多暴戾的词汇诸如“欺骗”“乌七八糟”“居心叵测”“某某不死，红学无宁日”等感到心惊肉跳，这难道是学术研究应该使用的词语吗？这种偏执的具有强烈斗争性意味的词汇究竟是否适用于红学的学术研究之中呢？其实，凡是喜欢用这些戾气很重词汇的学者，应该冷静一下，还红学以文雅的氛围，红学原本是高雅的学问啊！（笔者按：最初“红学”一词来自“经学”的比附。）这样的话语曹雪芹不会说，程伟元不会说，高鹗不会说，却竟然出自今天的“红学家”之口，实在辱没先辈，愧对纯质的红学。高淮生教授或许比过去一代的卷入纷争的红学家站得更高，看得更远，他主动充当承前启后的角色，试图将发生偏离的红学拉回正轨。因此，可以说，作者是一位遵循学术规律、讲究学术斗争策略的学术高手。

《周汝昌红学论稿》的作者是客观的、中立的，撰写本书的目的是还原一位红学学人的学术生态、学术经历和学术成就。当然，每每论及周汝昌从事红学研究过程中所体现出来的科学精神，高淮生教授往往不吝赞美之辞，如称“周汝昌为此目的坚守红学领域60年，这种执着甚或执拗依靠的是信念的力量。这种凭借信念力量的坚守成就了周氏红学，尽管振振有词的批判者不乏其人，周氏红学的影响力不仅没有受到显著的负面影响，反而成为另一种不可低估的阐扬过程。于是乎，周氏红学由于肯定与否定两方面的‘阐扬’进而成为红学学科建设难以绕过的话题”，[①]这是“仰视其人格，平视其学术”的最好注脚。高淮生教授首倡“周氏红学”之说，也可见其对周汝昌其人其学的重视程度了。

三、严谨诚明与创新格局

科学求真精神成就了求真和务实的品格、严谨和坚韧的作风、宽容和灵活的心态。作为一种文化现象，科学求真精神浸润在社会的精神文明里，因而是崇高的。作为人文社会科学研究，目的在于探索、了解客观世界的规律，并能够利用规律来改善人类生活，为人类生活注入人性的关怀。《中庸》说“自诚明谓之性，自明诚谓之教。诚则明矣，明则诚矣”[②]，讲的就是这个道理。

生活中，高淮生教授是一位非常感性的人，书生本色，与其相处毫无违碍；而学术上，高淮生教授则是一位博观而善通的思

① 高淮生：《周汝昌红学论稿》，知识产权出版社 2017 年版，第 120 页。
② 郑玄：《礼记正义》，孔颖达疏，北京大学出版社 1999 年版，第 1447 页。

辨者，往往表现出“诚明”的学风。近年来高淮生教授红学著述颇丰，其中《红学学案》《红学丛稿新编》《红楼梦丛论新稿》等著述往往试图体现出文学史家的大视野、大胸襟，即高淮生教授的红学思考并非仅仅局促于某一个小题目而乐此不疲，而是小题目中寓大立意，在为红学“建档归宗”的同时，思考着转型期红学研究的出路尤其是下一个百年红学发展的新格局

红学长期存在着“批判多于反思、反思多于建树”的景况，为了使这一景况得到改善，有必要倡导那种基于“批判出于反思，反思为了建树”学术考量的研究态度和研究方法，这就需要充分拓展研究的学术空间。如周汝昌先生曾说自己的红学研究之所以能够取得“前所未知的重要成果”，是来自从胡适处借阅甲戌本《红楼梦》，“从此方才正式建立了作者、版本、脂批、探佚‘四大分支’这一完整体系的‘新红学’”①，这是值得肯定的。但是，“周汝昌一如既往地坚持‘政治事件’说或‘政治阴谋’说，从而坚持维护自己建构的周氏红学体系过程中不免‘使自己陷入自相矛盾、自我否定的境地’，这，的确是我们做学问的人时刻都要记取的”②，可以说是周氏自己把自己推进了死胡同，推到了所谓红学“学术共同体”的另一面，很长一段时间内，红学研究陷入了无谓的纷争，有时候这种纷争十分无聊和动气。为此，高淮生教授忧心如焚地疾呼：“红学深受非学术的绑架，动辄兴师问罪，不能达成基本的学术共识；红学虽有所谓的‘泰斗’‘大师’，却没有学术权威，缺乏认同感，易于受到来自各方

① 周汝昌：《我与胡适先生》，漓江出版社2005年版，第16页。

② 高淮生：《周汝昌红学论稿》，知识产权出版社2017年版，第55页。

面的挑战。红学需要自律，红学需要基本的学术共识，红学需要开发的学术空间，红学需要公认的学术权威。红学不需要造神，红学不需要宗派小团体。”① 由此可见高淮生教授的学术用心。

高淮生教授对于红学研究有一种责任担当，勇于主动接过前辈大旗，不断开拓创新，谋求发展，其在红学研究中的新创——“红学学案”——颇为引人注目。他主持《中国矿业大学学报》“现代学案”栏目，近几年做得风生水起，在学术界产生了很大的影响。为办好这个栏目，高教授还专门撰写《现代学案述要》一文，文中给现代学案的写作立下了两条原则：一则“仰视其人格、平视其学术、俯视则不取”的心理原则；二则“非遇亲者而谀之、非遇疏者而略之、非遇强者而屈之、非遇弱者而欺之”的撰述原则。高教授的这两个原则在《周汝昌红学论稿》中有充分的贯彻和体现。从现代学案体的撰写角度来看，本书又有诸多开拓：一是用一本书为一位学者做学案，《周汝昌红学论稿》属于首创，难能可贵。相信有《周汝昌红学论稿》的拓新，此后这样的学案著述一定会越来越多。二是《周汝昌红学论稿》撰写体例不拘一格，有学术评述与学术争论，还有学术侧记和札记，这样做的好处是文章既凝重，又轻松。

四、余论

科学求真精神是贯穿于人文社会科学始终的精神因素。正是因为科学求真精神的注入，今天的人文社会学科研究才具有越来越高的客观性和理性，在方法论上也越来越趋向科学化。但是，

① 高淮生：《周汝昌红学论稿》，知识产权出版社 2017 年版，第 65 - 66 页。

作为一部从立意到写作到出版时间有限的作品，《周汝昌红学论稿》亦存在些许不足：一是红学门外人读本书有意犹未尽之感，至少，作者应该把周氏红学研究的历程、观点等方面较为平实地概述出来，这将有助于更广泛的读者群体阅读。因为这样一部学案体著作，不仅会引起红学研究者关注，也会引起非红学研究者甚至一般读者的阅读兴趣，所以，如果安排相关章节对于周氏生平及其红学之路略作介绍，可能会更好些。二是本书如果适当添加图片，展示周先生不同时期的照片、周先生的学术成果照片等，做到图文并茂，则会增加本书的可读性与愉悦性。

（《河南理工大学学报》（社会科学版）2018 年第 3 期）

后　记

这部《昨夜的星辰——红学书评初集》写作于2020年7月至9月间，它与2017年12月出版的《周汝昌红学论稿》的写作时间大抵相同。如果算上2017年5月出版的《红学丛稿新编》及《港台及海外红学学案》《名家与红楼梦研究》两部书稿，笔者在知识产权出版社已经出版了5部书稿，这5部书稿均交由责编徐家春操办。此间，我们的合作一直很愉快。

笔者自2010年夏秋之际从事红学学案写作至今已经10年，其间，《港台及海外红学学案》结稿修订之际插入了《周汝昌红学论稿》的写作，《民国红学学案》写作尚未过半则又插入了《红学书评初集》的写作，由此可见，笔者喜欢不断尝试去做新课题。

当然，这5部书稿均贯穿红学学术史这一条红线。一些了解笔者学术工作的师友曾如是说：《周汝昌红学论稿》可谓红学学案的一种范本；《昨夜的星辰——红学书评初集》堪称另一种红学学案。笔者欣然认同这种说法，因为它们应该可以看作红学学案课题的子课题吧！

《昨夜的星辰——红学书评初集》结集出版之前已经在苗怀

明教授创办的“古代小说网”公众号发布过几篇书评，诸如《书信笺释的一个“样板”——梁归智笺释〈周汝昌致梁归智书信笺释〉》《看清红学真相的方法论佳作——洪涛著〈红楼梦与诠释方法论〉》《精读〈红楼梦〉的“大家小书”——胡菊人著〈小说红楼〉》《〈红楼梦〉译评的一个“样板”——林以亮著〈红楼梦西游记——细评红楼梦新英译〉》等，均受到一定程度的关注。

值得一提的是，香港学人洪涛在读过《看清红学真相的方法论佳作——洪涛著〈红楼梦与诠释方法论〉》一文之后写了一篇回应文章由苗怀明教授发布于2020年9月26日“古代小说网”，笔者颇感意外。

笔者在写作本书期间曾口占一首五绝《立秋第二日》：

蚁穴多枯草，秋光照叶鲜。

何人寻此地，小坐伴寒蝉。

这首小诗姑且可以看作彼时心境的一种写照吧！

2020年10月16日于古彭槐园书屋